VAI NA BOLA, GLANDERSON!

Helio de la Peña

VAI NA BOLA, GLANDERSON!

ubook ubk Publishing House

ubook ubk Publishing House

REVISÃO Lara Freitas
CAPA E PROJETO GRÁFICO Bruno Santos
IMAGEM DA CAPA Bruno Veiga

Dados Internacionais de Catalogação na Publicação (CIP)
(Câmara Brasileira do Livro, SP, Brasil)

Peña, Helio de la
Vai na bola, Glanderson! / Helio de la Peña. -- Rio de Janeiro : Ubook Editora, 2019

ISBN 978-85-9556-145-8

1. Humor 2. Humorismo brasileiro 3. Literatura brasileira I. Título.

19-31625 CDD-B869.7

Ubook Editora S.A

Av. das Américas, 500, Bloco 12, Salas 303/304,

Barra da Tijuca, Rio de Janeiro/RJ.

Cep.: 22.640-100

Tel.: (21) 3570-8150

Para Ana, Joaquim, João e Antonio.

PRIMEIRO TEMPO

1:00

Paulo Ventania saiu de casa e foi ao barbeiro cortar o cabelo, fazer a barba, dar um trato nas unhas. O salão do seu Aníbal era concorrido aos sábados por volta das onze da manhã. Era quando os únicos quatro ou cinco clientes apareciam. Ele aguardava a vez folheando um caderno de esportes num jornal de anteontem.

— Romário nunca foi moradoire da Vila da Penha, ó pá! Ele morava em Brás de Pina e agora está a daire uma de bacana na imprensa...

Era a tese do barbeiro, um velho português careca e fundo de garrafa, com quinze graus de sabe-se lá de quê, saudosista e resmungão.

— Fala sério, seu Aníbal, o senhor acha que o Romário precisa mesmo disso? — rebatia um freguês, enquanto sua parca cabeleira era transformada num caminho de rato pela tesoura de seu Aníbal, quase tão cega quanto o próprio. — Inventar que viveu num bairro que não viveu? Além do mais, se fosse para aparecer, tinha que dizer que veio de um lugar mais pobre, e não de um bairro classe média, onde ninguém passou fome, que conhece favela tem pouco tempo...

— Estrada do Quitungo não tem nada a veire com a Vila da Penha. Tu só defendes o gajo porque não és nascido aqui, és forasteiro, não tens conhecimento da geografia local — o barbeiro insistia sem tirar o cigarro da boca, não se importava em sujar seus clientes com as cinzas, para isso prendia-lhes o avental ao pescoço.

Ventania nem aí. Já fazia muito em frequentar a espelunca, não fazia questão de participar de todos os debates populares que rolavam, sobretudo deste que era um tema fixo da mesa redonda do salão. Sua atenção é atraída por uma notícia de canto de página: "Confirmado: Copa do Mundo de 2014 talvez seja no Brasil." Ventania relê a pequena manchete, amassa o jornal e sonha.

Em menos de dez anos a Copa será no Brasil. A geração de Ronaldos e Kakás estará comentando os jogos na TV, deixando a área livre para os novos valores. Tudo que Paulo Ventania precisa para sair da merda é correr os campos de pelada do subúrbio, procurando aquele que será o Pelé de 2014, o craque brasileiro que se imortalizará realizando o sonho de uma nação, consagrando-se mundialmente em pleno Maraca, como a estrela canarinho da seleção campeã de 2014.

— Sou procurador! — Ele deu um pulo do banco que, desequilibrando, quase derruba os outros três da fila no chão.

— Como assim? Perdeu alguma coisa, Ventania?

— Perdi nada, meu camarada. Acabei de achar o caminho pra fortuna. Vou ser procurador.

— Como assim? Arrumou emprego em algum achados e perdidos? — arriscou um candidato a engraçadinho.

Ele esclarece, irritado com a ignorância geral:

— Procurador, aquele cara que negocia o passe dos craques.

— Estás a dizeire que vais ser empresário de jogadoire? — Compreendeu seu Aníbal.

— Empresário é no futuro. Vou começar como procurador. Procurando um moleque de seus doze, treze anos que bata um bolão. Em cima do chassi do garoto, eu vou criar a sensação da Copa de 2014.

2:25

Ventania não queria perder tempo. Já tinha comido muita mosca na vida, algumas delas como tira-gosto em sebosos balcões de botecos pelos subúrbios cariocas da Central e da Leopoldina. Nunca teve um emprego fixo, vivia de biscates, graças aos parcos conhecimentos que possuía de elétrica, hidráulica e contabilidade. Mas não via animadora perspectiva no ramo dos reparos domésticos. Quando a coisa apertava, Ventania punha uma placa no chaveiro da esquina oferecendo seus préstimos. Bastava tirar a corda do pescoço que ele logo sumia com a placa e se desfazia do celular pré-pago para não ser importunado com serviço.

Sem telefone, sem rumo certo, com uns trocados para passagens e cervejas, ele pinga de bairro em bairro, de campo em campo, de biboca em biboca em busca da sorte grande.

Começou a garimpagem animado, ao ver uma bola enlameada atravessar por cima de um paredão pichado. Aproximou-se do campinho de terra batida pronto para o contra-ataque.

Desanimou depois de não ver dentro das quatro linhas ninguém com uma barriga menor que a sua. Um espectador ao seu lado revelou ser uma pelada de garçons e cozinheiros da Vila Valqueire. Mais parecia uma partida de barris de chope contra panelões de cozido e feijoada.

Ventania não jogou a toalha, pegou um ônibus em direção a Bento Ribeiro, na esperança de esbarrar num outro Ronaldinho matando aula num campinho. Se a memória não lhe falhava, estava prestes a tropeçar em diversos terrenos baldios, alguns arenosos, outros mais barrentos, pastos esburacados, estradas abandonadas, os mais diferentes tipos de solos apinhados de craques aguardando o destino acenar com uma súmula e mudar-lhes a vida. Mas a memória falhou. Deixou de registrar as mudanças dos últimos quinze anos.

Não havia mais campos de várzea, foram todos ocupados por igrejas evangélicas, conjuntos habitacionais, desmonte de carros roubados, favelas, lixões.

Deparou-se com a realidade. Nada é preservado nesse país. Territórios sagrados que deram luz a ídolos do passado, deixados à própria sorte, tomados por aventureiros nem um pouco preocupados em cultivar sua história. A ocupação desordenada do subúrbio eliminou o campo do Bigode em Marechal Hermes, o Sangue e Areia em Bonsucesso, um cercado de terra fofa famoso pela violência de suas peladas, o Terreiro dos Alemão, onde o time dos coveiros do cemitério de Irajá costumava esculachar os visitantes, o Chiqueirão do Onze na Lama, um terreno em precárias condições em que um combinado de Cordovil goleava seus adversários em dias de chuva. Ventania tentou a estrada do Quitungo, terra de Romário. Nada. Foi até a Av. Brasil, nas imediações da antiga fábrica de bolsas Kelson's. Deu sorte: escapou com vida de um tiroteio entre traficantes rivais.

Ventania não mudava a tática. Saía cedo de casa para caçar um artigo em extinção no Rio: o craque de várzea, criado solto, descalço, atolado no barro, driblando zagueiros e crateras implacáveis. Voltava depois de escurecer, com poucas moedas para o ônibus, exalando a cerveja e a frituras apimentadas, frustrado com o fracasso da expedição, compreendendo a cada dia a falência dos times cariocas.

— E então, procurador? Achou? — perguntava o candidato a engraçadinho ao vê-lo de volta na barbearia, cabisbaixo, após alguns sábados ausente.

— Não, não procurei no lugar certo, que é no rabo da sua mãe, seu filho da... — Já não havia mais ninguém por perto para lhe encher o saco, o candidato estava de saída, apressou o passo para se manter inteiro.

4:10

Ventania estava obcecado pela ideia de descobrir sua pepita de ouro atolada num campinho de lama. Se o garoto sai de casa debaixo de chuva carregando uma bola, ele pode chegar lá, tem mais garra e determinação. Com algum controle, dá um bom atacante, se for grosso, é ganhar corpo e ficar na zaga. Circulava sem parar, numa espécie peculiar de safári, na busca de sua caça, um homem branco, mesmo sendo preto, queria dominar mata virgem e levar no butim um elemento em estado puro, indispensável em qualquer plantel, um selvagem, um primitivo para embasbacar a horda de torcedores e cartolas.

Voltando para casa, se debruçou num alambrado para ver um garoto baixinho de carapinha oxigenada dominar a bola no peito na altura da meia lua, se aquilo fosse um campo. Se desfez da marcação ao descer a pelota no terreiro já por baixo das canetas de um musculoso zagueiro que estaria mais bem-aproveitado puxando um arado. Na cara do gol, chutou por cima da baliza.

— Não é possível, Chaveirinho! Faz tudo certo e amarela na hora mais fácil! Bota essa cabeça piolhenta pra pensar, bate certo na bola!

Voam perdigotos em todas as direções, a fonte é um sujeito franzino, de peito afundado e uma guimba com filtro nos dedos.

— Esse garoto não aprende!

— Como não aprende? — Deu corda Ventania — O menino sabe tudo, pegou muito embaixo da bola, só isso.

— Se você acha pouco, tudo bem. Eu acho que tem que melhorar. Lembra da Copa de 94, aquele prego da Itália que meteu o pênalti por cima do Taffarel? O campeonato, a bola da vida e o cara pegou muito embaixo. Levou azar o coitado? Nada disso, faltou treino. Treino e esporro. Mas jogador de hoje em dia passa mais tempo no cabeleireiro que no campo treinando bola parada. Chega na hora, leva azar. Não quero garoto meu nessa, não.

— Não sabia que era seu filho — disse Ventania, estranhando a pouca semelhança.

— Meu filho? Quem disse isso? Acha que eu ia botar no mundo um piolhento daqueles?

— Pelo jeito que você falou, eu fiquei achando que...

— Falei meu garoto porque eu tô levando ele pra fora. Vai embarcar pro Vietnã no fim do ano. Tem um japa amigo meu cuidando da papelada.

— Vietnã? Pensava que lá eles só faziam filme de guerra.

— Os caras agora tão querendo jogar futebol.

— Futebol em campo minado? Tem que ter muito controle de bola...

— Querem pegar gente de fora, garotada daqui do Brasil — prosseguiu o olheiro, sem dar ouvidos ao comentário — É o negócio ideal, os caras têm grana e lá é tudo cego de bola, a mercadoria faz o maior sucesso. Mas tem que correr atrás. Eu sempre falo pros meninos: quer sair da merda, eu tenho a salvação. Minha religião é a bola, se quer milagre, apresenta o sacrifício.

— Você conhece alguém praquelas bandas?

— Rapaz, eu faço a ponte e tiro o meu limpo. O que acontece depois eu não fico sabendo. Ouvi dizer que tem que comer grilo, bife de cachorro e outros bichos. Só aviso pra eles: não vão entrar nessa de dar a bunda pra japa só porque tá longe de casa e os caras têm pau pequeno.

— Faz bem em alertar eles.

— É. Eu acho importante ter cuidado com os meninos, sabe?

No meio da conversa esclarecedora, Paulo Ventania se assusta com algo que lhe atingiu a bunda, ele se vira a tempo de acompanhar uma pedrinha caindo no chão. E procura de onde pode ter partido o projétil. No mesmo lado do alambrado, distante cerca de vinte metros, está um grupo de garotos. Não pareciam ter corrido até aquele ponto. Também não parecia possível acertarem sua bunda dali, estavam longe e sem ângulo, equivaleria a um gol olímpico num campo de dimensões oficiais e, por maior que fosse sua bunda, não chegava a um terço de uma baliza de futebol de salão.

— Quem foi o sacana? — gritou, irritado.

— Te acertaram no rabo? — intuiu o olheiro sem desgrudar as vistas do campo.

— Como é que tu sabe?

— Eles vivem fazendo isso. Vivem, não, vive. Neste ângulo só quem consegue é um tal de Glanderson.

— Quer dizer que não foi cagada?

— Cagada nada, esse moleque inferniza a gente com essa pontaria. É pedra, é chapinha, naco de tijolo... Quando chove, eu chego em casa com o rabo cheio de barro. Dá vontade de esganar o filho das unha.

Ventania faz uma rápida reconstituição da trajetória do projétil, percebe o efeito que este teve que tomar para atingir o alvo. Estava com a bunda ardendo, mas impressionado com o feito.

— Ô moleque, vem cá!

Ele se dirige ao grupo, que debanda. Ventania finge desistir, vira-se de costas, caminha para seu lugar na cerca, logo muda de rumo, dá uma corridinha em ritmo moderado, o máximo que sua pança permite, o suficiente para chegar na molecada que ria da sua cara, escondida num beco, achando-se fora de alcance.

— Quem foi? — A voz de Ventania reverberou nos barracos e calou o grupo.

Glanderson com o susto ficou parecendo parente do Hermeto Pascoal.

— Quem foi?

— Que-quem foi o quê, moço? Eu num sei do que o senhor tá falando, mas não foi eu não!

— Vocês sabem muito bem do que eu tô falando. Quero saber quem foi!

Ventania tinha mania de enfiar a mão no bolso furado da calça e ficar futucando o saco enquanto conversava, arrancando um ou outro pentelho. Os garotos não sabiam disso. O código na área era outro. Se um sujeito daquele tamanho, injuriado, metia a mão no bolso, não era para distribuir bala para a garotada. Aliás, era, sim.

— Foi ele! Foi ele! — os amigos imediatamente "xisnovaram" Glanderson em legítima defesa.

— Deixa eu levar um papo com o garotão, o resto tá dispensado.

A pivetada evaporou. Ventania se aproximou de Glanderson, que tremia. Uma lágrima chegou a brotar e pingar no seu short. Ventania notou, ao firmar a vista, que não era choro, o garoto estava se mijando.

— Ô seu moço, desculpa aí, por favor, foi sem querer, eu num tinha visto que era o senhor, eu num faço mais, me perdoa, alivia, pelo amor de Deus, seu moço...

A sombra de sua barriga cobriu o moleque, Ventania arranca a mão do bolso, trazendo um fio de cabelo retorcido nos dedos.

— Pentelho! — Ele cheira e dispensa o fiapo. — Me diz uma coisa, garoto. Como é que você faz uma coisa daquelas?

— Eu já falei, seu moço, foi sem querer... eu... eu tropecei na pedra, ela bateu num buraco, subiu e pegou no senhor.

— Deixa de conversa fiada!

— Verdade! Mas eu juro que não faço mais.

— Ah, vai fazer, sim.

— Vô não, seu moço, palavra!

— Vai sim. E vai ser agora. Vem aqui comigo — ele puxou o garoto trêmulo de medo, saíram do beco, pegou uma tampinha de plástico e entregou na mão do menino. — Tu vai acertar essa tampinha na bunda daquele sujeito ali — apontou para o olheiro que estava debruçado na cerca, vidrado no campo.

— Num vai dar.

— Como não vai dar? Só porque o homem tá sempre na área? Tá com medinho agora?

— Num é isso, seu moço. É que essa tampinha é muito leve, num vai chegar lá. Pode ser isso daqui? — pega uma pedra arredondada de pouco mais de cinco centímetros de diâmetro. O barrigudo assente.

Glanderson se abaixa para ajeitar a improvisada pelota num montinho de terra e toma distância. — Pode narrá?

— O quê?

— Deixa eu narrar o lance? É que assim eu me empolgo mais, aí eu num erro.

— Narra, garoto, faz o que tu quiser, mas acerta na bunda do olheiro.

— Falta pirigosa na direita da área, perto da bandeira de córnice. É um córnice de mangas curta. Glanderson toma posição. Ixpectativa no Maraca. Lá vai ele...

Glanderson caminha para a bola, quer dizer, para a pedra. Tem um andar cambaleante, como quem tivesse um pé machucado. Não é isso. Ventania percebe que ele tem o pé direito deformado, falta o dedo mínimo e o seu vizinho, o que dificulta o aprumo do moleque. O gordo fixa o olho no pé esquisito.

— Avança Glanderson, apontô, disparôôôô... É gol!

Ventania não acompanhou a jogada perfeita, o tiro certeiro no alvo. Não conseguiu tirar os olhos do pé do garoto que pulava na terra, comemorando.

— Filha da puta! — os dois ouvem o sujeito atingido gritar de longe. Ventania levanta a cabeça e vê o sujeito coçando a bunda injuriado.

— Deixa comigo, meu camarada! — improvisa Ventania, enquanto segura Glanderson pelo cangote. — Vou cuidar do caso agora mesmo! — o olheiro agradece ao companheiro e volta a fixar sua atenção no campo, ainda coçando o dolorido traseiro. — Vamos ali no boteco, garoto. Vou te pagar uma Coca.

Glanderson escancarou um sorriso cariado. Estava acostumado a apostarem na sua pontaria, mas era a primeira vez que alguém se dispôs a pagar por isso.

— Como é o seu nome, garoto?

— Arrout! Glanderson.

— Arrout Glanderson?

— Não. Só Glanderson — solta outro arroto esporrento. — Arrout é por causa da Coca.

— Deu pra notar, mas vê se consegue falar comigo sem cuspir.

— Foi mal, seu moço.

— Tu gosta de jogar bola, moleque?

— Claro! Meu sonho era ser profissional. Mas acho que num vai dar. O pessoal nunca me escolhe nas pelada por causa do meu pé. E também minha mãe quer que eu estude pra ser desempregado.

— Quantos anos você tem, Glanderson?

— Dezesseis, vou fazer dezessete daqui a seis meses.

— Com essa cara de garoto, esse uniforme de escola pública? Tu tá velhinho, hein moleque!

— É que a minha mãe tá lavando as outra roupa, aí eu só tenho essa pra usar.

— Bom, o caso é o seguinte, garoto. Você tem um chute muito bom. Consegue fazer a mesma coisa com uma bola?

— Mais ou menos.

— Como mais ou menos? Consegue ou não?

— Acho que consigo, mas bola machuca muito, o pessoal recrama.

— Não é pra acertar em ninguém, é num jogo, em campo, com a bola rolando.

— Se pegar de jeito no dedinho caçula, é saco.

— Vamos fazer assim. Amanhã eu volto aqui nessa mesma hora. Aí você vai me mostrar o que sabe fazer ali dentro — apontou para o campo de onde saía Chaveirinho ouvindo as orientações do seu olheiro.

— Fechado, seu moço.

— Ventania. Paulo Ventania — apertou a mão franzina do moleque, pagou a Coca e foi embora.

No dia seguinte, lá estava Glanderson em campo. E o olheiro que parecia nunca ir embora, vestindo a mesma calça tergal, o mesmo sapato e a mesma marca de suor nas costas e no sovaco. Ventania chegou devagar, não queria ser notado por Glanderson para não atrapalhar o desempenho do garoto. Escondeu-se atrás de um arbusto que não era o seu tamanho. O olheiro tirou os olhos do campo para acender um cigarro quando viu um sujeito se mexendo atrás do arbusto. A princípio achou que ele estava mijando. Mas por que estaria mijando do outro lado, onde todo mundo que passa na estrada consegue ver? Deveria estar do lado de cá da árvore, que é o lugar de se aliviar, tem até a marca. Logo ele viu que não era isso, o mesmo sujeito que ontem esteve por ali agora se escondia para ficar de olho nos seus meninos. O olheiro tinha certeza, o cara estava se escondendo dele para dar-lhe um carrinho no meio joelho e apalavrar um trato com as suas crias.

— Ei, ô, você aí! Não adianta disfarçar atrás dessa árvore não, que eu já vi você. E é bom saber que essa área tem dono. Essa garotada toda já tem papel assinado comigo. Não é de hoje que eu tô te manjando! Desde a primeira vez que você apareceu por aqui que eu desconfiei, mas vou lhe dizendo, fica na tua e sai de fininho que tu não sabe com quem tá se metendo!

A voz esganiçada do olheiro atravessou o campinho, parou a pelada e chamou a atenção de Glanderson, que se aproximou da lateral e avistou a barriga de Ventania e, logo atrás, o próprio saindo detrás do arbusto.

— O senhor veio mermo!

— Peraí, Glanderson, eu já falo com você.

O olheiro interrompeu seu discurso de ameaças quando Glanderson se aproximou com sua ginga involuntária. Respirou aliviado, mudou de tom.

— Esse neguinho sem dedo não tem contrato comigo, não. Pode olhar à vontade.

Infelizmente não tinha muito o que ver, Glanderson pouco tocava na bola. Faltava confiança. E, analisando friamente, faltava noção de conjunto, faltava se colocar em campo, faltava voltar para ajudar a marcação. Faltava tudo, ou quase tudo. O chute tinha efeito, enganava toda a zaga, mais forte seria infalível. É, faltava tudo mesmo. O garoto corria, suava, se deslocava, pedia bola como nunca e, como sempre, não recebia.

Sobrava-lhe um ou outro lateral que batia. O companheiro, quando muito marcado, não via outra saída senão lhe devolver, ele tentava o drible e, antes de perder a bola, já tinha tomado esporro de todo o seu time e de alguns adversários.

Glanderson não desanimava. Pouco lhe importava o que diziam a seu respeito, o que achavam do seu estilo de jogo, as razões pelas quais era invariavelmente o último a ser escolhido — não chegava exatamente a ser escolhido, sobrava para a equipe do azarado que perdesse o par ou ímpar.

Algumas vezes seu andar naturalmente desequilibrado desconcertava o adversário, cometia assim dribles quase sem querer.

Num momento de rara cagada, a bola sobrou de uma estourada, espirrou na sua canela e quando caiu limpa na entrada da área, ele chutou de três dedos — no seu caso, de um dedo e meio. A bola ganhou um surpreendente efeito, encobriu o goleiro e subitamente caiu desacordada no fundo da rede, se ali rede tivesse. Glanderson comemorou como numa final da Eurocopa.

— Viu só? Golaço! Golaço! — ele gritava para a cerca como se Ventania e o olheiro formassem o anel lotado do Maracanã.

Ventania recobrou a esperança que já tinha mandado para o valão ao lado do campo.

Algo lhe dizia que aquele garoto prometia. Lembrou-se da pedrada na bunda, para ele um sinal. Sabia que tinha de contar com a sorte numa empreitada destas, não podia abrir mão de crendices e superstições num momento tão vital. Aquela pedra no caminho, quer dizer, no rabo, bem pode ter sido um sinal divino para enfrentar o desafio, ficar com o garoto e se dar bem. Além do mais, todo craque tem uma história complicada, cheia de adversidades, isso valoriza a trajetória, aumenta o preço do passe, dá notícia nos jornais.

Transformar aquele garoto com dois dedos a menos num craque era uma missão pedregosa, mas Ventania confiava nos seus dotes de preparador físico e conselheiro.

Podia usar sua experiência nos gramados, afinal, estava no Bangu em 1966, viu toda aquela turma fabulosa — Aladim, Paulo Borges, Fidélis, Ubirajara Motta — arrasar os grandes times do Rio e levar o troféu do campeonato estadual para Moça Bonita. Não foi titular da equipe, nem reserva. Era do come e dorme do clube, um pessoal que vive à espera de uma chance, completando os treinos e, nas horas vagas, realizando serviços gerais, como jardinar o gramado e lavar o vestiário. Ventania estava cotado para assumir a vaga de reserva de Ari Clemente, quando o benemérito contraventor Castor de Andrade perdeu um apontador do bicho durante um tiroteio na tomada de um ponto em Rocha Miranda e teve que deslocá-lo para a função. Mas ainda lembrava de muita coisa que aprendeu observando o celeiro de craques treinar. Injetar essa vivência naquele neguinho franzino era questão de tempo. Seu devaneio foi cortado por um forte bodum que tomou conta da atmosfera. Era Glanderson chegando sem camisa de braços para o alto, prestes a abraçar seu procurador, que procurou se esquivar com agilidade.

— O senhor viu só, viu só? Deixei o meu bonito lá dentro! Calei a boca de todo mundo, agora esses pregos vão ter que me respeitar!

— Calma, garoto! Calma! Peraí, não me abraça que eu tô muito gripado.

— Mas o senhor viu? Gostou? Sentiu?

— Tô sentindo, tô sentindo cada vez mais forte, chega pra lá pra gente conversar. Pode baixar o braço também. — Glanderson acalmou. — Olha, eu vi tudo. O gol foi bonito, sem dúvida. Mas tem muita coisa pra ser trabalhada. Seu time perdeu, sabia?

— Não sei se o senhor tava prestando atenção daqui, mas eu levei esse povo nas costas. Me desloquei o tempo todo pra abrir um buraco na zaga deles. Agora, a bola não chegava lá na frente, não tinha como eu fazer o meu ofício que é meter gol.

— Seu potencial é bom, mas nós temos muito o que ralar. Se você topar seguir à risca minhas instruções, a gente chega lá. Tem que ter paciência e força de vontade.

— Nisso daí pode contar comigo, seu Ventania. A partir de hoje eu vou almoçar e jantar bola, vou dormir aqui no campinho mermo.

— Pega leve, rapaz, se você dormir nesse terreno baldio pode ser confundido com um presunto e acordar numa gaveta do IML.

— Que isso, seu Ventania, nem pensa numa coisa dessas.

— Bom, garoto, por hoje tá bom. Vai pra casa tomar um banho. Deixa que eu te procuro por aqui.

Glanderson foi se afastando, o ar foi se renovando, Ventania voltou a respirar.

7:30

No dia seguinte Glanderson madrugou no campinho. Chegou a tempo de ajudar os outros garotos a remover o presunto do dia da pequena área para uma das laterais, de modo que pudessem jogar. Realizavam a operação quase que diariamente, a polícia nunca os incomodou por isso, jamais foram chamados a depor, era público e notório que aqueles peladeiros nada tinham a ver com o mundo do crime. Também era sabido que o defunto que caía ali era como um aluno que aguarda o ônibus escolar na ponta final do itinerário.

Aquele era o último ponto de desova da região que o rabecão passava para recolher novos internos do IML. Os garotos só não mexiam se o morto fosse conhecido de um deles. Não era o caso desta vez.

— Tô na gaveta do seu Ventania. — Glanderson foi anunciando. Cabeção e Orelha que puxavam os braços da vítima pararam.

— Mentira! — respondeu Cabeção.

— Então tá. Pergunta pra ele.

— Tua mãe assinou? — desconfiou Orelha.

— Com ele não precisa assinar nada não, é a palavra que vale.

— Palavra... esse cara é que não quer nada contigo, rapá. — Chaveirinho se meteu na conversa. — Também, na boa, quem vai querer um aleijado?

— Tua irmã, ela é a maior Maria chuteira — Glanderson entrou de carrinho.

— Moleque, não bota minha irmã no meio senão eu boto no meio da tua!

— Eu não tenho irmã.

— Da tua bunda, rapá. Rá! Sacaneei.

— Esse tal de seu Ventania vai te levar pra alguma peneira? — Cabeção baixa a bola.

— Por enquanto não, primeiro a gente vai treinar. Quando eu estiver preparado, aí vamo correr os clubes — chutou ele.

— Quando vai começar o seu treino? Como é que vai ser? — Cabeção engoliu o papo.

— Aqui é que não vai ser, duvido o seu Carneiro deixar. — Chaveirinho se referia ao olheiro que fechou com ele e mais sete garotos. — Ele não vai querer gado de fora engordando nesse pasto.

— Mas eu não sou de fora, eu sou local.

— Mas esse Ventania não é, ninguém conhece esse cara. Vai que ele é um desses manja-rola que paga lanche pra levar pirocada.

— Ih, qualé, Chaveirinho! Respeita o home, só porque não assinou contigo já sai esculachando...

— Sei não, Glanderson — interrompe Orelha. — E se o Chaveirinho tiver razão? Abre o olho, hein.

— Mas não abre tudo não, vai que o tempo vira e pinta Ventania por trás... — Alfineta Chaveirinho.

— Cês são uma cambada de invejosos. Quando eu estiver por cima, não vem me pedir dinheiro emprestado que não vai tê.

— E quando eu estiver por cima, tu morde a fronha porque vai doer! Rá! Sacaneei. — Chaveirinho gozou.

— Babaca!

Eles ajeitam o presunto ao lado da cerca, onde o rabecão costumava parar, e voltam para o centro do terreno para bater o par ou ímpar.

7:45

Paulo Ventania volta da esquina folheando o Jornal dos Sports que comprou quando foi à padaria. Antes de empurrar a porta de seu barraco sua vizinha lhe adianta a novidade.

— Chegou visita pra você, Paulo. Tua mulher.

— Ex-mulher, dona Marizete, ex, pelo amor de Deus!

— Pelo amor de Deus digo eu! — Jurema tinha invadido, se considerava de casa. — Pelo amor de Deus, cadê a minha pensão, criatura? Já tem três meses que tu não me dá um níquel. Até quando tu acha que eu vou sustentar sozinha o menino? É roupa, é colégio, é comida... e o garoto come demais, parece que tem verme na barriga. O que eu tiro no salão não dá pra tudo, não. Ou acerta a pensão ou eu dou queixa na polícia. E tu sabe muito bem que isso é a única coisa que dá cadeia nesse país. Pode roubar, pode traficar, pode sequestrar, mas vacilou com a pensão, é cana.

— Você tá mal-acostumada, Jurema. Desde quando três meses é

atraso? Seu problema é a prestação da fantasia. Muda de ala, sai de peito de fora que é mais barato.

— Lá vem você querendo se meter na minha vida. Tem que fazer o que a lei manda. A lei não manda a mãe mudar de ala, manda o pai arrumar emprego e pagar a pensão.

— Epa, epa! Olha aí como fala que eu não tô te destratando. Não vem com essa conversa de emprego. Devagar com o andor, minha santa. Eu tô investindo alto num projeto que vai dar muita grana. Se der tudo certo, eu boto uma bolada na poupança do moleque pra você nunca mais me aporrinhar. Mas, sabe como é, tem que andar no sapatinho, pisando macio no meu gramado.

— Projeto, bolada, poupança do moleque... Toda conversa contigo acaba no mesmo ponto. Como você gosta de repetir esse papo! Promessa é que não falta, parece até político. Eu é que não caio mais nessa. Pra mim, tempo bom foi aquele que você era contador.

— Contador, eu? Tá de porre...

8:50

De fato, houve um período estável. Por alguns meses o dinheiro entrou com regularidade.

Era pouco, mas dava para bancar a pensão da ex-mulher e ajudar nas despesas da mãe, que complementava a aposentadoria fazendo os salgadinhos que eram vendidos no bar da esquina. Ventania arrumou um emprego de auxiliar de escritório numa pequena firma de contabilidade, no largo da Penha. Funcionava numa sala estreita, com uma janela cuja grade atrapalhava a vista para a igreja da Penha. O contador, dono da firma, passava o dia plantado na mesa, de olho nos funcionários. A mesa do chefe ficava ao lado da porta de entrada. Argumentava que contador honesto não se esconde atrás de divisória, tem que ser encontrado logo de cara pelo cliente, receber o fiscal na frente de todo mundo. E estar de olho em qualquer falcatrua de seus empregados. Era uma posição incômoda.

No fundo da sala estava o único banheiro da empresa. O chefe se via obrigado a atravessar sistematicamente o estreito salão toda vez que queria fazer suas necessidades.

Era um velho resmungão, de intestino solto. Como não permitia que os funcionários ouvissem rádio, a trilha sonora do estabelecimento era a descarga puxada pelo velho. Não suportou trabalhar numa firma onde o dono não tinha a menor moral. Como um sujeito pode ter autoridade se seus funcionários sabem quantas vezes no dia ele cagou? Ventania pediu demissão.

9:10

— É por isso que eu nunca ia dar certo com você, Jurema — falou Ventania, sem tirar os olhos do jornal. — Eu vivia infeliz naquela gaiola e você torcendo pra eu continuar ali. Aquilo pra mim era a morte, um lugar onde não se podia dar um pio, a gente ouvia até mosca aterrissando no pão doce da secretária. Claro, se a descarga não estivesse ligada.

— Não tenho tempo pra ter pena de você, não, Ventania. Você não tem consideração com o seu filho. Não tem um mês que eu não tenho que vir aqui pedir a pensão do garoto.

— E isso é sacrifício? Dar uma passadinha aqui, filar um cafezinho e ainda sair de carteira recheada...

— Quer dizer que dessa vez vai pagar?

— Tô falando teoricamente. E não aceito essa conversa de falta de consideração. Logo eu que não discrimino ninguém: o atraso da pensão é o mesmo pra todos eles.

— Mas o bexiguento daquela safada merece mais atenção, não é? Soube que ele foi até batizado. — Jurema se referia ao garoto que Ventania teve com Regiane na mesma época em que ela pariu o Reizinho.

— Safada, tudo bem, mas bexiguento é o cacete! Além do mais, quem não quis que o Reizinho fosse batizado foi você, lembra? Você era contra.

— Não era contra, só não fazia questão.

— Se não fazia questão, por que discutir agora?

— Se você me dissesse que estava batizando o da filial, eu mudava de ideia.

— Afinal, Jurema, qual o seu problema, falta de dinheiro ou falta de batizado?

— Falta de marido dentro de casa.

— Nesse caso eu não posso fazer nada. Sou péssimo pra arrumar marido.

Ventania fechou o jornal, se levantou e foi saindo, Jurema ficou reclamando, mas ele já sintonizava outra estação.

11:12

Lá vai Glanderson se deslocando livre pela direita. Chaveirinho, na banheira, espera o lançamento. Meleca comanda o contra-ataque em velocidade, da intermediária lança Glanderson que se atrapalha um pouco, mas consegue matar a bola, a defesa está batida, Chaveirinho, plantado na pequena área, pede bola, Glanderson avança até a entrada da área e resolve arriscar, dali mesmo chuta com a direita, o efeito que a bola toma engana o goleiro, segue a trajetória em curva e morre no fundo do valão, longe do gol adversário.

— Uuuuhhhh!

— Uh é o caralho, moleque! — Chaveirinho espumava — Olha eu livrinho aqui na cara do gol vazio! Além de aleijado ficou cego também?

— Aleijado é o cu da tua mãe!

— Rapá, não bota o cu da minha mãe no meio senão eu boto no meio do cu da tua!

— Porra, tu fica na banheira o tempo todo, a gente até esquece que tu tá em campo. Eu também tava em condição de chutar!

— Agora tu tá em condição de ir lá no valão pegar a bola — Zulu, o goleiro adversário, entrou na mesa redonda.

— Qualé? Quem tá no gol é que pega — Glanderson tira o seu da reta.

— E quem chuta é que paga — replica Zulu.

— Pagar? Pagar o quê? A bola tá bem ali, ó, daqui eu tô vendo ela. Não vou pagar porra nenhuma.

— Vai pagar sim, mas não vai ser com dinheiro, não. Tu vai pagar um cuecão.

Zulu corre para segurar Glanderson, impedido de fugir pelo próprio time. Ele se debate. Enquanto Zulu o imobiliza, três seguram suas pernas, outros dois enfiam a mão na cueca de Glanderson pelas costas e puxam, deformando o tecido até rasgar. A cueca vira um trapo, perda total. Glanderson sente o saco e o rego arderem com a brincadeira, vai apanhar a bola no valão e limpa a esfera fedida de esgoto com o que restou da sua cueca. A pelada recomeça.

12:15

Ventania olhava impaciente para o relógio, com uma bola debaixo do braço. Balançava a cabeça negativamente, mirando a rua onde morava Glanderson.

Ele surge com um andar preguiçoso, olhos remelentos, marca de café com leite no buço.

— Isso são horas, criatura? Meia hora esperando a noiva dar o ar da graça, assim não é possível, rapaz!

— Desculpa, seu Ventania, eu fiquei até tarde vendo TV, aí de manhã minha mãe não quis me acordar porque eu tinha dormido pouco.

— Ah, poupando a energia delazinha? E eu aqui na rua, em pé feito um pateta...

— Foi mal, é que ela não sabia que a gente ia se encontrar hoje cedo.

— Não bota a culpa na sua mãe, garoto! Ela já faz muito em te sustentar, agora tem que cuidar da sua agenda também? Ficar ligada nos seus compromissos? — Eles foram andando para o ponto do ônibus ao som da descompostura. — Bota uma coisa na tua cabeça, moleque: eu não sou bandeira de córner pra ficar plantado na esquina! A próxima vez que você me aprontar uma dessas, já era! Acabou, eu vou apostar em outro garoto menos preguiçoso e você vai tirar seu brevê pra pilotar carrinho de feira, tá ouvindo?

— Tô, sim senhor — resmungou resignado. Queria saber para onde estavam indo, tentou adivinhar de acordo com o itinerário do coletivo, mas aquela era uma linha que ele não costumava usar. — Aí, seu Ventania, a gente tá indo pra onde?

— Madureira — respondeu secamente.

Glanderson engoliu o espanto. Treinar no Madureira, não pode ser... Tudo bem, é um clubinho merreca, mas eu ainda não tô preparado, esse cara vai me botar no fogo. É isso que ele chama de "preparação alto nível, a nível de carreira"?

Ventania cutucou sua costela quando alcançaram a Ministro Edgar Romero nas imediações da sede do Madureira. Glanderson ficou apreensivo. Saltaram do ônibus em frente ao mercadão, Glanderson deu alguns passos em direção à rua que dá acesso ao clube.

— Peraí, garoto. Vai aonde?

— A gente não tá indo pro Madureira?

Nada disso. Você não vai treinar *no* Madureira, você vai treinar *em* Madureira.

— Não entendi.

— Vai ser aqui mesmo, garoto, teu campinho de várzea vai ser aqui, nessa calçada.

— Jogar bola aqui, no meio dessa multidão? Não tem condição, seu Ventania, isso é impossível, olha só o tumulto!

— Presta atenção, garoto. Eu tenho observado você esses dias e vi que você tem potencial. Precisa corrigir algumas deficiências.

Glanderson imediatamente olha para o seu pé.

— Não tô falando dessa deficiência, rapaz. Falo dos fundamentos do esporte, da intimidade com a bola. Você vai treinar controle de bola, drible, reflexo, tudo aqui.

— Seu Ventania, eu não tenho vergonha de ser meio burro, mas dessa vez eu não entendi nada do seu texto.

— Não se preocupa com meu texto que eu não sou explicador, no momento eu sou seu treinador. Pega essa bola, bota no chão. Tá vendo aquele poste? Você vai conduzir a pelota rasteirinha, trocando de pé até lá. Eu vou medir o tempo.

— Mas e esses camelôs, e as pessoas, e aquela velhinha, e a fila do bicheiro...

— Vai driblando tudo que aparecer pela frente. Eu te espero naquele poste. Você parte quando eu abaixar o braço.

Ventania, de braço esquerdo erguido, caminha para o referido poste, de olho num cronômetro de visor embaçado. Estava concentrado no seu método heterodoxo de formação de craques, baseado em anos de observações aleatórias sem consequências práticas. O garoto, com aquele pé desfalcado de dois dedos, desenvolveu um chute desconcertante. Além disso, era magrinho, leve, poderia vir a ser um arisco atacante, um ponta, talvez. Para isso teria de adquirir domínio de bola, manter o controle em espaços pequenos, congestionados.

Glanderson tenta digerir as instruções enquanto Ventania se afasta. Como é que é? Passar com a bola pelo meio desse pessoal todo, desses camelôs e das barracas? É isso que ele chama de treino individual? Individual? Tem mais de cinquenta pessoas no gramado, quer dizer, na calçada!

Ventania estava confiante em seu plano. "As condições são bastante adversas," ele pensa. "O moleque vai ser xingado e vaiado, como quem está no campo do adversário marcado pela torcida. Vamos ver como ele se comporta trabalhando sob pressão." Ventania abaixa o braço e grita:

— Vem, moleque!

Glanderson guarda as havaianas no canto da calçada em que o movimento de passantes é menor, solta a bola no chão e parte pra cima dos adversários, acumulando os papéis de driblador e locutor.

— Recebe Glanderson, amacia no terreno e parte pra cima do inimigo que tá todo fechado na defesa; passa pelo primeiro, desvia de um buraco, mete debaixo das saias de uma dona, ginga na frente de um velhinho, faz o giro, pedala e passa de passagem pela barraca de frutas, tenta a finta no caixote de rolex, o tamborete de CD pirata faz a cobertura, a bola bate na perna da freguesa, espirra na frente, o camelô avança, leva um come humilhante na frente de todo mundo, não gostou, aperta a marcação e... aaaaiiii! É falta! Glanderson cai no gramado, sentindo a pancada no tornozelo.

— Qualé a tua, moleque? Tá a fim de me derrubar? — um ambulante interrompe a peleja e toma satisfação do atacante.

— Eu não, seu moço. Pô... Tô jogando limpo, o senhor é que me derrubou, mas eu vi que o senhor foi na bola.

— Cuméquié? Tá de gracinha com a minha cara, é? — o camelô não parecia animado, vai ver é um desses que não gosta de treinar. — Olha o prejuízo que tu tá me dando! As minhas mercadorias tão todas espalhadas no chão, minha freguesa tomou uma bolada, daqui a pouco pinta o rapa, leva tudo, aí eu quero ver como é que fica.

— Calma, meu camarada, calma! — Ventania chega correndo, tentando botar panos quentes na situação. — O garoto não tem culpa de nada.

— Ah não? E essa zona no meu ponto, vai pra conta de quem? Pra tua? — rebate o camelô.

— É isso mesmo, esse garoto tá atrapalhando o comércio, aqui tá cheio de gente — apoiou outro barraqueiro. — Isso aqui não é lugar de jogar bola. Se ainda fosse uma criancinha, dava pra levar em consideração, mas esse galalau sabe muito bem o que está fazendo. Tem muita gente trabalhando nessa calçada.

Glanderson gostou de ser chamado de galalau, sempre se achava "di menor", um moleque, guri. Alguém que o julgava mais adulto merecia a simpatia em qualquer circunstância. Ventania, porém, precisava rebater.

— Tá todo mundo trabalhando aqui! Inclusive eu e o garoto — pronto. Glanderson foi rebaixado a garoto. Daí a moleque é o retrocesso natural. Ventania prosseguiu. — Esse moleque está fazendo um trabalho sério e, digo mais, revolucionário no futebol. Ele está treinando pra ser uma das nossas grandes estrelas lá fora, só que fora do esquema da cartolagem, entendeu? Ele vai treinar na rua, num método que eu inventei, enfrentando os obstáculos naturais que tão espalhados pela cidade, ganhando habilidade, visão periférica, domínio de bola e capacidade de atuar num espaço pequeno como é a pequena área, captou agora?

— Aí, ô Barriga — Ventania não simpatizou com a referência, mas preferiu Barriga a Careca, Pouca Telha, Bola Sete e similares. — Mesa redonda pra mim, só aos domingos, falou? Mesmo assim, depois do Fantástico, pegou? Eu tô cagando se é treino tático ou é coletivo, só sei que se esse cara esbarrar nessas fitas Playstation que eu acabei de copiar, o único treino que ele vai poder fazer vai ser um individual sem bolas, depois que eu lhe arrancar o saco!

— Pra que esse papo de violência? Pega leve, meu chapa! — Ventania sentiu que precisava mudar de tática.

— Chega de conversa que aqui tu não é chapa de ninguém. Aliás, a tua chapa é que tá esquentando — outro exaltado aumentou a fervura da situação. — Vocês tão querendo é levar um cacete!

— Sai fora, porra! Pica a mula! Vamo juntá nos dois! — A multidão começou a encurralar os dois. No tumulto, um espertinho ainda tentou passar os cinco no cronômetro de Ventania: — Aê, fui com a cara desse cronômetro! Se escorregar pra minha mão, eu alivio a de vocês...

Ventania e Glanderson recuam a pequenos passos, catando com rabo de olho um ônibus com a porta escancarada, pronta para receber novos passageiros. Ventania segura firme o velho cronômetro e sustenta um sorriso amarelo, como se tudo aquilo não fosse com ele; Glanderson esbugalha os olhos e teria empalidecido, não fosse tão difícil para um preto como ele. Num pinote se jogam num coletivo que passava em marcha lenta. A horda ainda acompanhou o trânsito batendo no exterior da carroceria, tacando pedras e objetos, entre eles um dos pés das havaianas que Glanderson esquecera junto à calçada. Antes que a confusão resultasse em mais uma queima de ônibus, o motorista acelerou, empurrando a espessa fumaceira do motor desregulado para cima do bando. Ventania suspirou, enquanto chovia gordas gotas de suor sobre uma pobre senhora. Glanderson não desarregalou os olhos e ainda se assustava a cada entrada de um novo passageiro.

— Quando eu era pequeno — destravou o rapaz —, eu costumava dibrar as pessoas na rua, que nem o senhor mandou. Mas nunca deu galho porque eu não usava bola...

— Esse pessoal não entende nada de futebol, garoto. Ninguém colabora e depois ficam reclamando que os clubes tão no buraco. Mas o futuro tá aí mesmo, e quando ele chegar esse povo vai botar a mão na consciência e ver que eu tava certo. Todo mundo diz que gosta de ver um futebol bem jogado, um drible com categoria, mas cadê apoio, cadê compreensão? Custa ter um pouco de paciência, respeitar o trabalho de um profissional? — Ele lembrou-se de que nunca falou em dinheiro com o futuro craque. — Claro que quando falo em profissional não tem nada a ver com dinheiro, falo no sentido de coisa séria, que não tem nada a ver com essa xavecada toda que virou o nosso futebol.

De olho fixo na multidão revoltada que, mais distante, ainda xingava, jogava coisas e exibia os colhões, Glanderson comentou se não seria melhor treinar lá no campinho.

Ventania procurou usar sua vivência para acalmar o rapaz. Deu-lhe um tapa nas costas e tentou aliviar a tensão, minimizando o ocorrido no primeiro dia do treino heterodoxo. Se esforçava para convencê-lo de que as pessoas não estão preparadas para inovações e que por isso toda ideia original era recebida com paus e pedras. Mas deixou claro que não iriam desistir.

— Agora — concluiu o treinador —, se você prefere jogar suas peladinhas naquele terreno baldio a encarar o desafio para sair da lama e ser um ídolo da garotada em poucos anos, aí é com você...

— Que isso, seu Ventania, não vou jogar a toalha, não.

— Assim que se fala, garoto! Amanhã é outro dia. Vamos procurar uma avenida onde o pessoal tenha a cabeça mais aberta para dar prosseguimento ao trabalho. Você vai unir o útil ao agradável: vai fazer embaixadinhas no meio da rua quando o sinal fechar em troca de uma colaboração dos motoristas. Vamos melhorar o seu controle de bola e, se você evoluir, não demora você vai faturar mais do que qualquer malabarista de bola de tênis. Esse é o país do futebol, Glanderson!

15:35

Aquele dia de treinamento começou diferente. Glanderson foi pontual, Ventania não chegou a ficar três minutos na espera. Mas a diferença não foi só essa.

— Até que enfim você se mancou! É isso aí, garoto, pontualidade é o primeiro passo para o sucesso, tô vendo que minhas palavras começam a fazer efeito nessa cabecinha piolhenta.

Glanderson não se mostrou muito empolgado, estava cabisbaixo, o queixo furando o peito, murmurando as palavras.

— O que você disse, moleque? Levanta essa cabeça, como quem tá na área de olho no cruzamento, e fala alto que assim eu não consigo entender nada.

— Minha mãe quer falar com o senhor.

— Tua mãe? Falar comigo? Falar o quê? Algum problema?

— É, ela quer que eu pare de treinar com o senhor.

— Ué, por quê? Aconteceu alguma coisa? — Ventania ficou visivelmente tenso com a novidade.

— Acho melhor o senhor ir lá conversar com ela.

— Eu também acho. Vamos lá agora mesmo.

Ventania seguiu Glanderson até uma rua próxima à praça Vicente de Carvalho, quase em frente ao supermercado Carrefour. Chegaram a um prédio modesto e malconservado, subiram pela única escadaria até o estreito corredor para chegar no pequeno apartamento de fundos onde ele e sua mãe moravam. Empurraram a porta encardida, cuja fechadura precisava de uma visita do chaveiro que mantinha uma barraca na esquina da estrada principal, sempre com a tabuleta "Volto já" pendurada num prego. Dona Conceição estava debruçada no tanque, esfregando uma peça de roupa que não parecia ser sua — uma saia jeans curta demais para uma senhora do seu porte. Certamente lavava a roupa de alguma freguesa que, se cabe naquela minúscula peça, dá um bom caldo — deduziu Ventania.

— Mãe, ó ele aqui — Glanderson cutucou-lhe o ombro.

Dona Conceição virou-se, sem parar imediatamente a esfregação. Um rádio sintonizava a Tupi, programa de denúncias e escândalos. Um cachorro latia na vizinhança, complementando o tumulto sonoro. Os braços roliços da senhora desciam e subiam na pedra, enquanto ela se curvava para medir de alto a baixo o visitante. Ventania simulava estar à vontade, forçava segurar um sorriso muito pouco natural.

— Dona Conceição, muito prazer. Ventania — ele estendeu a mão direita, ela, desconfiada, cedeu-lhe o punho ensaboado. — Eu vim aqui falar do seu filho.

— Neto.

— Neto? — Espantou-se ele.

— Isso mesmo, neto. O pai desse aí sumiu no mundo assim que soube que minha filha estava grávida. A mãe se mudou pra Itaboraí quando o garoto completou seis meses e nunca mais apareceu. Mas foi melhor assim, nenhum dos dois tinha juízo pra cuidar de uma criança.

— A senhora me desculpe, ele me falou que morava com a mãe, eu pensei... — Ventania tentava diplomaticamente ser amistoso.

— Não tem do que se desculpar. Fui eu mesma quem ensinei ele a me chamar de mãe. É pro menino não crescer recalcado. E também pra ninguém por aí ficar achando que ele não tem mãe. Tem sim, e é a mamãe aqui. É por isso que eu queria trocar umas palavrinhas com o senhor.

— É, eu também queria conversar com a senhora...

— Ô seu...

— Ventania, Paulo Ventania.

— Pois então, seu Ventania, o Glanderson tem andado sumido daqui de casa, não aparece pra entregar as roupas das freguesas, sai de manhã cedo, só aparece quando já escureceu. Eu pergunto no campinho por onde ele anda, os garotos não sabem me dizer nada...

— A senhora pode ficar descansada que...

— Descansada, eu? — dona Conceição cortou-lhe a palavra. — O senhor não sabe com quem está falando. Eu só vou ficar descansada deitada num estrado de madeira lá no cemitério de Inhaúma — ele engoliu em seco. — Olha, desde os sete anos que eu ando rolando por esse mundo sem saber o que é descanso. Ainda mais agora que eu tenho que ficar de olho nessa criatura, é uma trabalheira danada.

— Que isso, mãe, eu não dou trabalho nenhum, sou da paz, não me meto em barra pesada nenhuma.

— Cala a boca, moleque insolente! Não vê que a sua avó tá falando coisa séria com o moço aqui? Vai lá pra dentro, garoto.

— Tá bom, vó — Glanderson é um bom garoto. Põe o rabo entre as pernas, escapa da minúscula área e desaparece atrás das peças penduradas no varal.

— Já te falei pra não me chamar de vó na frente de estranhos!

Ventania retoma o papo:

— Mas dona Conceição, como eu ia dizendo...

— Quem tava dizendo aqui era eu, seu...

— Ventania, Paulo Ventania.

— Eu já ouvi o seu nome, não precisa repetir que eu não sou surda. O negócio é esse, eu não gosto nem um pouco de ver essa criança solta por aí com um sujeito que não é nada da família. Essa cidade anda muito perigosa, ele não tem malícia, pode ser desencaminhado de uma hora pra outra.

O dublê de empresário e treinador arma a defesa de sua honra.

— Olha, dona Conceição, se a senhora está preocupada de eu envolver o Glanderson com negócio de tóchico, de tráfico, pode ficar descansada, eu não tenho nada a ver com essa gente. Meu negócio é outro, dona. Eu estive observando ele lá no campinho e fiquei encantado. Esse garoto é um talento que eu quero revelar pro mundo. Um dia a senhora ainda vai me agradecer muito. O Glanderson é um grande sujeito, eu tenho certeza de que vai ser rico e famoso. É claro que isso não acontece da noite pro dia, leva tempo, afinal, é uma pedra bruta que precisa ser lapidada.

A empolgação de Ventania não chegou a comover a velha. Ela via com desconfiança o interesse daquele homem no seu menino. E se ele achava que melhorava as coisas quando falava em futuro próspero, estava enganado. Ela não via como isso poderia acontecer por meios lícitos ou moralmente aceitáveis.

— O senhor não vai me dobrar com essa sua lábia não, moço. Eu sou uma mulher humilde, mas sou muito vivida. E já vi muito garoto ficar bem de vida depois que passou a andar com homem mais velho. Agora, na minha família nunca teve disso e enquanto eu for viva eu não vou permitir que os meus se sustentem com pouca vergonha, o senhor está me entendendo? O Glanderson é um bom garoto, gosta de jogar a bolinha dele com os amigos e não fica nem bem para um homem da sua idade ficar de olho comprido pra cima daquela molecada. Acho bom o senhor se afastar dali ou vou acabar dando parte na polícia.

— Peraí, dona Conceição, a senhora não está entendendo, eu estou falando em coisa séria, meu compromisso é pra valer...

— Coisa séria? Compromisso pra valer? O que é que o senhor tá querendo dizer com isso? O meu Glanderson é sujeito homem, tá me ouvindo?

— Acho que não estamos falando a mesma língua. Meu negócio é futebol, fu-te-bol! — Ventania reuniu forças para manter a calma e esclarecer a situação. — Quero treinar esse garoto para ser um jogador profissional e atuar num grande clube, quem sabe até no estrangeiro.

— Então é isso? — A voz de dona Conceição traduziu o alívio. — De uns tempos pra cá, toda vez que eu procuro pelo Glanderson, ele não está lá no campinho, os amigos dele me falam que ele saiu com um desconhecido, ninguém sabe pra onde os dois foram. Ora, isso não é notícia que me deixa sossegada, concorda comigo?

— É verdade, eu concordo. Eu agi mal. Devia ter procurado a senhora, me apresentado, deixado tudo em pratos limpos. Bom, mas agora a gente já se conhece. Minha ideia então é essa: fazer desse garoto um grande craque. Treinando duro, todo dia, nós vamos construir uma carreira sólida pra ele. Repito que não vai ser fácil, temos muitos quebra-molas pela frente, mas Glanderson tem condições de superar todos eles.

— Glanderson, jogador de futebol... quem podia imaginar uma coisa dessas? Desde que ele sofreu aquele acidente eu nunca mais pensei que ele pudesse fazer qualquer coisa com os pés que não fosse mancar.

— Falando nisso, como foi que ele perdeu os dedos?

— Faz muito tempo, ele era pequeno. Era muito levado, não parava quieto, não ouvia ninguém — dona Conceição, mais relaxada, voltou a bater roupa, enquanto relembrava. — Estavam construindo um puxadinho no terceiro andar de um prédio naquele conjunto do Ipase, ali do lado da igreja. Por mais que a gente pedisse, Glanderson não saía de perto dos pedreiros. Até que um dia ele foi brincar junto com uma turma embaixo da parede de uma varanda que estava sendo levantada. Um tijolo escapuliu da mão do servente e esmagou os dedos dele. Podia ter sido bem pior, podia ter caído em cima da cabeça desse infeliz... Se bem que do jeito que era cabeça dura, era capaz de não sofrer nada. O pessoal correu com ele para o hospital. Glanderson foi atendido por um estudante de medicina que estava de saliência com uma faxineira e não queria perder muito tempo. Deu perda total e passou a faca no pé do garoto, costurou o talho de qualquer jeito e mandou o menino pra casa. Mais tarde uma cerzideira amiga nossa fez um remendo e tascou esparadrapo em cima. Levou anos pro garoto ter coragem de brincar descalço de novo.

Quando a avó fez uma pausa, Ventania notou que estava acompanhando a história com as mãos cerradas e os dedos dos pés totalmente retraídos dentro do sapato. Dona Conceição voltou a focar sua atenção no tanque. Ventania ficou calado, tentando reconstituir na imaginação a cena do acidente. Sentiu pena de Glanderson, redobrou sua vontade de ajudá-lo a sair do buraco, melhor, de sair junto com ele daquela miséria. Glanderson percebeu que a conversa morreu e voltou à área de serviço.

Ventania instintivamente baixou os olhos buscando o pé direito do rapaz, por um momento teve a impressão de que ainda sangrava. Ainda estava sob efeito das últimas palavras da velha, pois a ferida estava cicatrizada havia anos, nada se via da costura dos pontos, era um acabamento liso, o pé acabava ali, abruptamente, um acidente geográfico, uma escarpa que ia de encontro ao cimento rachado do piso. Glanderson teve vergonha do pé, ficava incomodado toda vez que alguém se fixava na sua falha, o que acontecia com uma certa frequência, estava acostumado. Assim como se acostumara também com sua própria vergonha quando isso ocorria. Ventania ficou sem saber se devia sair logo dali com o garoto para treinar ou se corria até a casa da ex, Jurema, para conferir e beijar os pés do seu Reizinho. Na dúvida, cancelou o treinamento e foi para um boteco pensar na vida diante de uma garrafa de cerveja. Era sexta-feira, o garoto estava dispensado de qualquer atividade durante o fim de semana.

17:10

Reizinho chega da escola desanimado e sonolento. Jurema logo pensa: "só pode ser caô, esse menino deve estar com o boletim na mochila carregado de notas vermelhas." Ela nada descobre na investigação. O quadro vai piorando, o nariz escorrendo, a tosse seca, a voz mais rouca. Os amigos o chamam na porta, Reizinho avisa que não vai sair para brincar. Então é sério mesmo. Jurema põe a mão na sua testa e confirma: febre alta. O garoto se recusa a jantar e às oito da noite se recolhe. Ela se dá conta de que não tem outra saída: o ensaio da ala dançou. A noite promete, ela conhece bem aquele enredo: sequência de tosses, espirros, peito chiando, garganta inflamada, nariz entupido, choradeira, sono zero, catarreira, mais tosse, mais choro, menos sono, o remédio faltando, a farmácia não entrega, a gripe não cede, o peito roncando mais que cuíca, o dia começando, a paciência acabando. E o samba atravessa a madrugada.

Sábado, dez e meia da manhã, o clima é de Iraque pós-guerra. Jurema, esgotada, desacordada no sofá da sala. A chaleira para o café está seca, largada no fogão aceso.

Reizinho enfim dorme no quarto, os olhos inchados e remelentos. Respira pela boca, o ranho escorre do nariz entupido. A porta abre animada, Jurema esquecera de trancá-la. É Ventania. Quer começar o fim de semana com o pé direito, esquecer um pouco Glanderson, seu treinamento, seu pé sem dedos e curtir o filho.

— Tem alguém acordado nessa casa? — Ele grita, cheio de disposição. Silêncio. — Alô, alô, tem alguém aí? Jurema! Tô falando com você, mulher! — Ele a cutuca para receber alguma resposta. — Jurema, Ju-re-ma! Acorda, mulher! Deixa de ser preguiçosa, anda! Atividade. Jurema! Jurema? Tá viva? Jurema!

Ela ouve das profundezas de um sono pesado alguém bem longe chamando seu nome.

Alguém insistente, que ela tenta associar a um sonho ou pesadelo. A voz se repete, se torna mais próxima, mais forte, não é sonho, estão gritando no seu ouvido. Ela convence a pálpebra direita a fazer um esforço e levantar. Vê uma cara enorme a um palmo de seu rosto se esgoelando. Leva um grande susto, arregala os olhos e percebe o que se passa.

— Meu Deus! Paulo?

— Tá viva?

— Tá maluco? — instintivamente, abraça uma almofada para se proteger.

— Tô há mais de meia hora gritando no seu ouvido e nada.

— Qualé a tua, homem? Que é que deu em você pra invadir minha casa a essa hora, fazendo um escândalo dos diabos?

— Calma aí, Jurema. Primeiro eu bati na porta — ele mente. — Como ninguém respondeu, eu fui entrando pra ver o que estava havendo.

— E quem te deu esse direito, Paulo? — ela passou de assustada a indignada em poucos segundos. — Quantas vezes já te disse pra não entrar na minha casa sem pedir licença? Era assalto? Era incêndio? Então, o combinado continua valendo. Como é que vai entrando pra ver o que está acontecendo? Você não tem nada que ver o que está passando aqui dentro, Paulo. Até porque você pode não gostar de ver. E se tiver alguém aqui comigo, como é que fica?

Ela não precisava ter dado este exemplo. Doeu. E Ventania não estava preparado para um bate-boca, estava desarmado. Para não acusar o golpe, rebateu com ironia:

— Eu acho que você ia se lembrar de, ao menos, trancar a porta...

— Como é que você sabe? Às vezes não dá tempo! — Ventania vai às cordas, nocaute técnico. — E isso é da sua conta? Tu não apita mais nada aqui não, Paulo.

Ele sabe, não precisa ser lembrado. Tem muito bem registrado o dia em que teve de pedir o boné. Lembra também que o boné não serviu, pois o chifre não deixava. Mas por que ficar se torturando agora? Ele não estava ali para sofrer. Só queria pegar o Reizinho e sumir.

— Ô Jurema, eu não tô aqui pra tomar conta da vida de ninguém. Vamos parar com esse papo, a gente vai acabar se desentendendo. Eu só vim aqui pra pegar o Reizinho e pronto. Missão de paz — tenta serenar os ânimos.

— Missão de paz, missão de paz... — Jurema o imita caricaturalmente. — Pra você é tudo muito fácil, Paulo. Passa a semana inteira metido sabe-se lá aonde, chega aqui no sábado tranquilo, de cabeça fresca...

— E qual é o problema chegar de cabeça fresca? Parece até uma ofensa querer brincar com meu filho, levar o moleque pra jogar uma bolinha, soltar uma pipa, enquanto eu tomo umas cervejas com os amigos.

— É, Paulo, você tem razão, não tem nada demais. O que atrapalha o seu raciocínio, a sua filosofia, é a realidade, o planeta Terra. Fora isso tá tudo certo.

— Não tô te entendendo — ele ficou meio perdido com o rumo da conversa.

— Você não tem noção de como foi a noite nessa casa. Reizinho chegou em casa ardendo em febre, varei a madrugada cuidando dessa criança que não parava de tossir nem na hora de espirrar, gastou um rolo e meio de papel higiênico com a melequeira que produziu, o peito apitando mais do que qualquer guarda de trânsito, um verdadeiro desespero, mas você não tem noção, teu negócio é lazer, é pegar o garoto e levar pra se divertir.

— Minha nêga, me desculpe, mas alguém tem que fazer essa parte. Começa que eu acho que essa história tá meia exagerada. Toda vez que eu venho aqui esse menino ou tá doente ou vai ficar. Resfriado não mata ninguém, não.

— Claro que não mata quando tem quem cuide.

— Deixa de drama, Jurema, fala sério! Tu adora tratar do garoto quando ele fica doente. Aliás, trata muito bem, dá carinho, dá chamego, faz papinha. É tanto agrado, tanto afago, tanta peninha, que a criança não quer outra vida. Quando tá saudável, tu deixa ele na frente da TV e cai no samba. É só ele dar um espirro que você larga tudo pra ficar com ele. Assim, quem é maluco de querer ter saúde?

— Você não tem ideia do absurdo que tá falando — rebateu ela furiosa.

— Você sabe que eu tenho razão, Jurema. Pra você, cuidar de filho é resolver perrengue e curar pereba. Não é por aí, não. Tem que saber curtir, brincar, se divertir. E, modéstia à parte, disso eu entendo.

— Bom, vadiagem é a tua especialidade — estava cada vez mais irritada com a lição.

— Tá vendo como você não dá valor ao lazer? Já confunde com vadiagem, vagabundagem, o importante na vida é a febre. Eu tô te falando, Jurema, o Reizinho um dia vai dar graças a Deus por ter tido um pai que sabe se divertir e faz de tudo pra passar isso pra ele. É mais importante que dinheiro, que cultura, só perde pra caráter e vergonha na cara.

— Quanta besteira, minha nossa! Ainda bem que meu filho está dormindo e não está ouvindo isso... Se você fosse mais presente na vida dele, estava pensando diferente.

— Mais presente? Que diferença faria se eu estivesse aqui essa madrugada, por exemplo? Ia fazer o quê, ligar pra farmácia?

— Quer saber como tu pode ajudar, Paulo Ventania? Bota dinheiro na casa, paga a pensão que no resto eu me viro.

— Era aí que tu queria chegar, né? Pra que dar tanta volta? Se o problema era esse, falasse logo de uma vez.

— Já falei.

— E eu já escutei. E vou pagar. Semana que vem, sem falta. Agora, deixa eu ir pra não atrapalhar a convalescência do menino — Ventania sai batendo a porta.

— Volta aqui, Paulo! Paulo, vem falar com seu filho! Paulo!

18:25

Ex-mulher é foda! Foda, foda! Que é que essa Jurema tem na cabeça? É sempre a mesma ladainha — pensão, ajuda de custo, dinheiro pra dar uma força. E vive insinuando que eu sou um vagabundo, não quero nada com trabalho. Porra, eu tô correndo atrás! Pensa que é moleza? Tá ruim pra todo mundo. Como é que eu fui meter um filho numa mulher daquela, rapá? Maior roubada da minha vida! Que o Reizinho não me ouça, mas não é por ele, o menino não tem culpa, mas enrolou todo o meu meio de campo. Se não fosse o guri, eu tava numa boa. Quer dizer, não chega a ser uma boa depender da minha mãe, mas a aposentadoria da coroa dava pra bancar nós dois. Se bem que esse governo miserável paga uma merreca pros velhinhos, coitados, me dá uma pena danada cada vez que eu faço um ganho na carteira dela. É uma merda, a pessoa rala a vida inteira pra no fim não poder sequer dar uma mesada decente prum filho que tá no sufoco. Onde já se viu uma coisa dessas, só no

Brasil mesmo! Mas não tem nada, não, deixa estar. Eu vou sair dessa, pode anotar aí, Ventania. Pode registrar e cobrar. Eu vou virar esse jogo antes da prorrogação.

Esse garoto, o Glanderson, tem pinta de craque. O pessoal não bota fé porque não tem visão. Ele ainda tá muito cru, mas quando estiver no ponto, vai chover proposta de tudo quanto é clube, daqui e da gringolândia. Aí neguinho vai ter que calar a boca e baixar a cabeça pro papai aqui. Vou botar um ponto final nesse nhém-nhém-nhém de pensão, vou pagar com juros e correção cada moeda que roubei da mamãe, vou saldar minhas dívidas na praça, me mudar pra Barra da Tijuca e comer uma mulher diferente por refeição. O projeto é esse, só preciso de tempo. O negócio é que o Glanderson não tem mais treze anos, aliás, eu preciso falar com um despachante para arrumar uma certidão de nascimento fria que vai aumentar o prazo de validade desse cara, não posso me esquecer disso. Minha sorte é aquele pé direito fodido, não tem olho grande em cima da minha mercadoria, nem o exército vai querer fisgar. Assim eu ganho tempo pra trabalhar a carreira dele. Com tanta coisa importante pra resolver, e aquela mulher me azucrinando com pensão. Puta que o pariu, a Jurema não tem a menor noção da vida!

20:19

Quando está de cabeça quente, Ventania conhece apenas três lugares onde consegue relaxar de verdade. E os três têm algo em comum: começam todos pela letra "b":— boteco, boceta e barbearia. Ainda não era meio-dia, portanto, muito cedo para abrir os trabalhos num boteco. Também não tinha em vista nenhuma mulher que se daria o trabalho de abrir as pernas para recebê-lo. Restou-lhe o último "b", onde sempre encontraria o barbeiro Aníbal e a clientela habitual para jogar conversa fora. Gente que não se incomodava de aturar seus desabafos, de ouvir as mesmas histórias duzentas vezes e ainda fingir que acreditava. Ali se sentia em casa, com a vantagem de não ter de fazer nenhum favor para sua mãe.

Desta vez não chegou a esquentar o banco das visitas. A barbearia era também sua caixa de mensagens, alguém que quisesse se comunicar com ele, sabia que ali era o lugar. Ia começar a folhear uma revista *Playboy* de 97, que conhecia de cor, quando vieram avisar que seu Uranos estava procurando por ele. Trata-se do mais próspero empresário do bairro, proprietário da Viação Abílio Domício Uranos, maliciosamente abreviada pela concorrência para Viadu. Seu Uranos não percebeu que estava dando brecha ao registrar o nome da companhia. E guardava na memória uma irritante manchete estampada num jornal popular por conta de uma greve do setor: GREVE DE ÔNIBUS PARALISA VIADO. Ele tinha certeza de que o erro de revisão fora proposital, chegou a pensar em enviar uma carta ao jornal exigindo retratação, mas preferiu deixar o assunto morrer para ver se o povo esquecia. Ninguém esqueceu e ele nunca mais atendeu a nenhum repórter.

Ventania subiu a pé a Av. Meriti até a garagem da companhia, sempre movimentada aos sábados, pois boa parte da frota não circula e os empregados se dedicam à limpeza e manutenção dos veículos. É o dia que seu Uranos verifica a contabilidade, fechando o balanço da semana. Ventania trabalhara para ele quando garoto, foi cobrador quando a empresa ainda era pequena e os assaltos a ônibus não eram moda. Por muito tempo conservou a unha do dedo mindinho comprida, uma espécie de senha que indicava que ele era do ramo e tinha sempre numa sacola sua camisa cáqui, o uniforme dos motoristas e cobradores da época, para viajar de graça. Atualmente não lança mão do expediente, mas conserva alguns amigos na firma que lhe garantem o privilégio. Subiu a escada ao lado da oficina, alcançou o escritório. Não havia ninguém na recepção e a porta da sala principal estava aberta, dava para sentir que o ar condicionado estava ligado. E que seu Uranos não estava muito satisfeito.

— Isso é balanço que se apresente, Valdemar! Como é que pode dar negativo? Essa semana não teve greve, não teve assalto, não teve queima de viatura.

— Eu não sei, seu Uranos, só registrei o movimento, que foi pequeno, e descontei a féria da tropa, pode ver o senhor mesmo.

— Essa cambada está querendo me passar pra trás, Valdemar. Só vejo passar ônibus meu lotado, na hora do balanço é essa mixaria!

— Tem muita cortesia, seu Uranos, é idoso, é estudante, sobra pouco passageiro pagante.

— Deixa de conversa, Valdemar. Espalha um aviso geral: se a situação continuar como está, vai rodar todo mundo, cobrador, fiscal, até motorista. Estão me achando com cara de bobo? Pois vão ver o que é bom pra tosse!

— Dá licença! — interrompe Ventania. Ao vê-lo entrar o semblante de seu Uranos relaxa. Ele despacha o contador, que escapa cabisbaixo com o livro-caixa sob o braço.

— Paulinho, meu filho, há quanto tempo! — seu Uranos sempre teve simpatia por ele. — Será possível que eu tenho que mandar te caçar pra você dar as caras por aqui?

— Eu tenho andado meio ocupado, seu Uranos.

— Ocupado, ocupado... ouvi dizer que você agora vive por aí acompanhando pelada de vagabundo.

— Não é bem isso. Eu tô de olho nessa garotada pra ver se descubro algum talento.

— Não é negócio de boiolagem, é? Essa história de marmanjo de olho em garoto dá cadeia até na América.

— Que isso, seu Uranos, tá me estranhando? É coisa séria, só futebol.

— Tô brincando com você, Paulinho. Você é um cara de confiança e foi por isso que te chamei.

— Tô à sua disposição, chefia. O que é que manda?

— É a respeito dessa garotada que você conhece.

— Por quê, algum problema? — Ventania ficou visivelmente nervoso. — Olha, seu Uranos, eu não quero botar a mão no fogo por ninguém, mas se sumiu alguma coisa na garagem, com certeza não foi o Glanderson, não sei se no meio deles tem algum que...

— Não é nada disso, Paulinho — seu Uranos o tranquilizou — O caso é bem outro. Sábado que vem é aniversário do meu enteado e eu quero fazer uma festa diferente para ele. Você sabe que eu casei de novo há pouco tempo e com mulher nova a gente tem que caprichar. Pois bem, o Gabriel vai fazer treze anos e não vai muito com a minha cara. Minha ideia é virar esse jogo sábado. Quero organizar um futebol para o menino. Mas, sabe como é, filho único, muito apegado à mãe, com poucos amigos no condomínio onde a gente mora, lá na Barra. Então, eu tô alugando um campinho de futebol *society*, grama sintética, tudo nos trinques, só falta uma molecada para completar a brincadeira.

— O senhor tá querendo que eu arranje uns meninos para jogar com o seu filho.

— Filho, não! Enteado, que eu não ia botar no mundo um garoto tão mimado.

— Certo, enteado.

— Isso. Eu preciso de um time completo pra ser o adversário, mais um menino pra pegar no gol do Gabriel e seus amiguinhos.

— Então são seis na linha, mais os dois goleiros, oito moleques.

— Refrigerante, salgadinho e doce liberados, transporte por minha conta. E ainda tem um bicho por fora. Dez reais pra cada um.

— Dez na mão de cada garoto e... — Ventania coçou a mão.

— Cinco na mão, cinco em vale-transporte. O seu a gente acerta depois.

— Fechado.

— A garotada vai adorar. Vão fazer um passeio maravilhoso, comer do bom e do melhor e ainda vão entrar em campo para o primeiro compromisso profissional da carreira deles. Tem coisa melhor?

— Se tem, não ofereceram pra eles.

— Sábado, às treze horas, todo mundo aqui. O Tião vai pilotar um carro desses que não estiver rodando.

— Puxa, seu Uranos, valeu mesmo! Sábado, uma da tarde meu pessoal vai estar todo aqui — Ventania deu meia volta para sair, eufórico, mas freou na porta — Só mais uma coisinha, seu Uranos. O senhor se incomoda se eu levar o meu Reizinho? É que eu ando meio em falta com ele, queria fazer uma mediazinha, é possível?

— Claro, rapaz! Leva o herdeiro. Mas esse não ganha bicho, combinado?

— Com certeza, até porque ele só tem sete aninhos, só vai pra boca livre mesmo.

— Até lá! — Antes que Ventania chegasse na escada, seu Uranos já havia mudado de assunto, esbravejando. — Como é que é, Valdemar, e essas contas, já acertou? Anda logo com isso, seu moloide!

— Como é que é, seu Ventania? Eu e meus amigos vamos ganhar pra jogar uma pelada contra uns pregos da zona sul?

— É por aí, só que Barra não é zona sul, é zona oeste.

— Fala sério, seu Ventania, zona oeste é Santa Cruz e Campo Grande. Se tem praia com surfista e carro importado no trânsito, pra mim é zona sul.

— Tá, tá certo. Pode chamar mais sete e marcar às quinze pra uma de sábado na porta da garagem. Quem se atrasar tá fora e eu completo o time com quem achar pela rua.

— A gente vai de Viadu? — Glanderson perguntou em tom de gozação.

— Rapaz, cuidado com a boca, é o homem que tá pagando, se ele ouve isso, te pendura pelo saco no espelho retrovisor.

— Tá bom, desculpa. Eu vou falar com a rapaziada.

Não foi difícil para Glanderson arregimentar voluntários para a tarefa. Aliás, mais complicado foi limar os intrusos. Todo mundo que orbita pelo campinho se sentiu no direito de se autoconvocar. Alguns ameaçaram cobri-lo de porrada caso não entrassem na lista. Outro chegou a oferecer a própria irmã em sacrifício por uma vaga no expresso da alegria. Ele ficou tentado, mas não acreditou que a garota estivesse interessada em participar da negociação como moeda de troca. Para driblar os excedentes, Glanderson teve de ser ardiloso. Combinou um falso encontro no mesmo dia, na mesma hora, só que no campinho. Mas distribuiu a senha correta para os felizardos.

Depois de tanto recomendar pontualidade, no sábado foi Ventania quem se atrasou.

Gastara seu tempo tentando em vão a liberação de Reizinho pelo departamento médico.

Afinal, não tinha nem uma semana que o menino estava totalmente curado e como venta muito na Barra, ele podia ter uma recaída. Além disso, o tempo podia fechar e toda a chuva cairia sobre quem? Jurema fechou questão, insistir não adiantava. Por falar em adiantar, teria algum para adiantar para ela? Ventania desconversou e rapou fora.

Estavam todos lá na hora marcada: Chaveirinho, Cabeção, Orelha, Sapo, Piolho, Miruba e Zulu, além do próprio Glanderson. Antes que o motorista Tião abrisse o portão para a saída do ônibus, Ventania encostou o grupo na parede e fez uma preleção.

— Rapaziada, o negócio é o seguinte: vocês vão entrar num ambiente fino, onde só tem gente da alta, portanto, atenção com o comportamento. Cumprimentem quem encontrar pela frente, nada de avançar nas bandejas como se estivessem esfomeados...

— Mas a gente tá esfomeado, seu Ventania — interrompeu Miruba.

— Disfarça, porra! Engole saliva, não vai em todas, aceita três, quatro vezes, depois recusa uma. Depois do futebol, chuveiro, não vão ficar circulando na festa espalhando aquele bodum de crioulada suada, pelo amor de Deus!

— E palavrão, pode? — Glanderson levantou a dúvida.

O chefe da delegação coçou a cabeça.

— Dentro de campo pode. Mas só o que já foi ouvido. Vamos respeitar os limites dos donos da casa. Mais alguma dúvida? — Silêncio. — Então todo mundo pro ônibus.

A correria, a gritaria, a alegria davam a impressão de que o coletivo estava lotado.

Desceram a Av. Meriti, pegaram a Estrada Vicente Carvalho na direção de Vaz Lobo até alcançar a Av. Automóvel Clube. Passaram pelo campinho a caminho da Linha Amarela. O grupo dos rejeitados logo reconheceu o veículo da Viadu.

— Olha lá os caras! Ei, não vão parar não? Filhas da puta, sacanas, babacas, vamo enchê vocês de porrada, cambada de viadinhos!

Cabeção pôs o cabeção pra fora da janela e zoou:

— Se fuderam, manés! Rá-rá-rá!

Ele desviou rápido da pedra que veio com endereço e CEP, mas a área a ser protegida era grande demais. Acabou pegando de raspão, arranhando um pouco, sem graves consequências, a gozação compensou a ferida.

A maior parte da viagem transcorreu conforme o esperado, na maior zona. Todo carro ultrapassado era conduzido por um corno, um viado ou uma piranha. Se alguém tentasse cochilar recebia uma saraivada de tapas, cotoveladas e petelecos na orelha. Ventania deixou correr solto, só mandava maneirar ao ver uma viatura policial, ou quando via que a brincadeira poderia resultar num desfalque na equipe. Zulu e Glanderson viajaram no fundo do ônibus conversando o tempo todo, sem entrar na brincadeira. Nada a ver com futebol, armavam uma estratégia para ver se comiam alguém no baile funk de domingo.

Ao atingirem a Av. das Américas, o alvoroço deu lugar ao estarrecimento. A molecada se debruçou silenciosa nas janelas para acompanhar o movimento do trânsito.

A profusão de carros importados comprovava que eles haviam atravessado alguma fronteira e estavam em território estrangeiro, mesmo porque não se via uma placa no idioma nacional. Era um *Fitness Center* aqui, um *Bay Side* ali, outro *Downtown* mais adiante. A única palavra em português avistada num raio de cinco quilômetros foi "McDonald's".

Uma hora depois estavam chegando ao local da festa, um campo de futebol *society* à beira do canal do Joá, com uma belíssima vista para a pedra da Gávea de um lado e, de outro, para o viaduto que liga São Conrado à Barra da Tijuca. Dois jet skis evoluíam pelo canal, dando a sensação de terem chegado a um comercial de refrigerante. Os olhos esbugalhados quase saltavam das órbitas, Glanderson boquiaberto sequer percebia a baba que unia seu lábio ao assento do veículo. Ventania gritou e bateu palmas para despertar do transe a tropa que aos poucos foi deixando o ônibus.

O grupo foi recebido na entrada da área social por Abílio Uranos com um copo de uísque na mão.

— Salve, salve, até que enfim! Pensei que vocês tinham se perdido! — saudou ele simpático, com a voz ligeiramente arrastada. — Tudo certo, Paulinho?

— Tudo, seu Uranos. O pessoal tá todo aqui, louco para entrar em campo.

— Deixa de conversa, rapaz, pelo olho comprido daquele ali — apontou para Miruba — vejo que eles estão loucos para provar a picanha que acabou de sair. Garçom, serve esse pessoal que deve estar azul de fome.

Todos deram um passo à frente. Ventania fuzilou a turma com um olhar, sinalizando discretamente com as mãos para pegarem leve. Foi prontamente atendido, mas não deixaram o garçom se afastar dali enquanto o espeto da carne não estivesse limpo.

Entre nacos de carne e goles de Coca-Cola, tentavam observar a fauna presente. Eram homens entre seus quarenta e cinquenta e cinco anos, em sua maioria com a barriga contida por uma camisa polo, um cinto de couro e uma bermuda de tecido preto ou cinza escuro, nos pés, mocassim e meias. As mulheres, balzaquianas louras e bronzeadas, vestiam jeans rasgados e justos, bata do tipo tomara-que-caia valorizando a peitaria siliconada e equilibravam-se em sapatos de salto fino que teimavam em furar o terreno em volta do campo. Os convidados recém-chegados também eram examinados à distância, como se tivessem vindo de Marte ou Vênus.

Na verdade, tinham vindo de mais longe, de uma outra civilização.

Gabriel e seus amiguinhos estavam em campo tentando acertar a bola quando Glanderson saiu com sua galera do vestiário envergando coletes vermelhos. O time de Gabriel vestia colete azul, mas a diferença dos figurinos não estava aí, e sim nos calções, todos rigorosamente iguais, no meião branco puxado até o joelho, nas chuteiras que um garoto do subúrbio só vê na TV, nos pés de seus ídolos. A garotada mostrava disposição, alegria e pouca intimidade com o futebol. Todos, na faixa de doze a catorze anos, estavam ali para uma brincadeira de aniversário. Eles se espantaram ao ver o pessoal que chegara de ônibus. Logo notaram que a coisa ia ser complicada, a começar pelo tamanho dos visitantes, todos na faixa dos quinze, dezesseis anos. Causou estranheza também o fato de cada um ter um tipo de calção e de apenas alguns estarem calçados com tênis de lona surrados, enquanto outros, Glanderson entre estes, jogariam descalços.

Antes de entrarem no campo, Ventania reuniu o grupo junto ao alambrado para uma rápida preleção.

— Rapaziada, vocês tão vendo que é tudo pirralho sem muita noção de bola, né?

— Vai ser um passeio, seu Ventania, nem esquenta — rebateu animado Miruba.

— Como não esquento, claro que esquento! O caso é o seguinte. É aniversário do Gabriel, filho do seu Uranos que hoje é o patrão de todos nós, estão entendendo? Esse garoto precisa ir dormir feliz e se a gente fizer a nossa parte bonitinho quem sabe não pintam outros convites feito esse?

— Quer dizer que a gente tem que entregar o jogo pra esses mauricinhos? — Glanderson não estava curtindo o acordo.

— Exatamente. Isso aqui não vale nada, rapá. Quer dizer, vale o nosso bicho, a boca livre e a simpatia dos bacanas com a gente. Não adianta dar uma de revoltadinho agora, não. A gente tá aqui como animadores de festa.

— Pô, pensei que tava vindo pra jogar bola, não pra bancar o palhaço — Zulu, injuriado, armou uma beiçola que podia abrigar dois meninos de rua.

— Que conversa é essa, meu camarada? Todo mundo vai brincar, vai se divertir, pode driblar à vontade, meter nas canetas, dar lençol, pode até fazer gol, desde que menos do que eles — resmungos gerais. — Psssst! Vamos baixando a bola, baixando a bola que vocês não estão em casa, não. E tem mais. Tão vendo aquele lourinho ali? Aquele é o Gabriel. O primeiro que entrar firme no garoto, eu vou lá dentro, arrasto pelo calção e jogo no meio desse canal aí, tão ouvindo? E chega de biquinho! Todo mundo pro campo! Zulu, chega aqui. Tu vai ficar no gol dos caras.

— Eu? Por que, seu Ventania?

— Primeiro porque tu agarra bem, segundo porque eu tô mandando. Vai pro lado deles, cumprimenta o pessoal, mostra que é pobre mas é educado e faz o teu papel. Tem uma vantagem: tu vai poder levar o jogo a sério.

Abílio Uranos se incomodou com a demora para o início da pelada.

— Ô Paulinho, chega de tanta instrução e bota logo esses moleques para correr atrás da bola!

— Vamo lá pessoal, não ouviram o patrão?

Os garotos entraram tímidos no gramado sintético. A equipe do Gabriel parou de bater bola. Os pais se aproximaram da cerca para acompanhar a brincadeira. Mesmo na hora do "par ou ímpar" para definir a saída de bola, os jogadores de ambas equipes esquivaram os olhares de forma a não se cruzarem. As mulheres se esforçaram para conter os risinhos.

— Kátia, onde foi que seu marido conseguiu esses pivetes? — perguntou uma à mãe de Gabriel.

— Nossa, parece rebelião da Febem — comentou outra discretamente.

— Se eu soubesse que seria assim, só teria vindo com bijuteria, amiga... — A perua aproveitou para divulgar a autenticidade de suas joias. — Esse pessoal veio para jogar bola mesmo ou para fazer malabarismo com bola de tênis? Eu tô sem moedas na minha bolsa, hein! — num preconceito temperado com ironia.

— Eu acho até bom esse contato pros nossos filhos verem como é a vida lá fora — uma das mães expôs seu ponto de vista mais liberal. — Só não quero que machuquem meu Lucas.

As referências ao choque social chegaram a um nível tão baixo que mesmo Kátia, que não costuma se sentir bem quando passa do túnel Rebouças, ficou constrangida.

Procurava mudar de assunto, evitava olhar para o campo. Até que, numa distração, acabou notando o pé direito de Glanderson. Ela puxou o marido num canto para desbafar.

— Abílio, eu não tenho nada contra essa gente, mas precisava o aleijado estar descalço? Parece até uma afronta, uma agressão, nossos convidados não merecem uma coisa dessas.

— A garotada tá se divertindo, Kátia, seu filho está se sentindo um craque em pleno Maracanã, olha lá. — Gabriel corria pela ponta pedindo bola. — Toma mais um proseccozinho e não me enche, vai — afastou-se Uranos, sem paciência.

A partida começou morna. Os suburbanos, cautelosos, não arriscavam passar do meio-campo para não ouvir reprovações. Tocavam bola na intermediária, a turma de Gabriel acompanhava, cercava, mas temia se aproximar e levar um come. Até que uma bola é mal recuada para o goleiro. Lucas se adianta, rouba a pelota, toca para Bruno, que vê Gabriel livre, este toca e o goleiro aceita. Um frango tão delicioso quanto o que acabara de sair da grelha. Um a zero para os maurícios. Festa na torcida, Gabriel comemora, ponto para Uranos.

Minutos depois, outra bobeira da defesa suburbana e Bruno Felipe aumenta. Dois a zero. Os maurícios começam a gostar do jogo, ganham confiança, arriscam uma tabela e chute de longa distância, fraco, sem direção. Empurrados pela torcida e pelo placar, eles passam a marcar mais duro, o juiz faz vista grossa para as entradas faltosas, Chaveirinho se irrita, dribla dois e encobre Zulu que até então não tivera trabalho. O primeiro tempo fecha em dois a um para o time da casa.

Gabriel voltou para o segundo tempo e não segurou a língua:

— Aí, vamo botar a crioulada pra correr!

— Éééé!

Glanderson e Cabeção se olham com raiva. Abrir as pernas, tudo bem, mas humilhação não estavam dispostos a levar para casa. Logo na saída, Glanderson adiantou um pouco a pelota e surpreendeu Zulu com uma bela folha seca, sua marca registrada. Não comemorou o empate.

— Joga bem aquele neguinho, hein! — comentaram no alambrado.

— Quem, o aleijadinho? Foi cagada, pegou de qualquer jeito na deformação, deve estar com o pé doendo.

— É, tu vai ter que ceder uma pedra do seu uísque.

— Nem fudendo a mãe dele. Rá-rá-rá!

Glanderson ouviu a gargalhada e sentiu que era com ele, seu sexto sentido não falhava. Decidiu se vingar em campo. Miruba e Chaveirinho perderam o acanhamento e entortaram os três garotos que faziam a zaga, a bola sobrou para Glanderson na ponta direita que, mesmo sem ângulo, arriscou, encobriu o goleiro e virou o jogo.

— Vamos segurar, vamos segurar! — gritou Ventania preocupado do alambrado.

— Porra, esse pixote aleijão é abusado mesmo! — soltou um cinquentão careca pra todo mundo ouvir.

O comentário acirrou a solidariedade a Glanderson e o time se fez de surdo aos apelos de Ventania, que perdeu o controle do elenco. O pessoal resolveu botar para fora o que estava sentindo. Gabriel e seus amigos não jogaram mais. Passaram a pegar na bola apenas quando ela morria no fundo da rede. Os gols foram se sucedendo, a goleada se avolumando. Gabriel, com os olhos avermelhados, procurava apoio na torcida, que se indignava com o que estava acontecendo.

— Abílio, faça alguma coisa! Meu filho está sofrendo muito — desesperou-se Kátia.

— Calma, Kátia, isso não vai ficar assim. Paulinho! Paulinho, amansa esses moleques!

— Eu tô ficando rouco de tanto gritar com eles, seu Uranos!

— Olha lá a desgraça! — Uranos refresca a têmpora com seu copo de uísque ao ver o oitavo gol da molambada. — Chega! Chega! Ô juiz! Acaba com essa merda!

O juiz apita o fim do jogo, Gabriel deixa o campo aos prantos. Orelha e Cabeção se abraçam como quem acabara de ganhar a Copa do Mundo. Miruba se aproxima de Lucas, que vai saindo cabisbaixo:

— Crioulada é o cu da tua mãe, ô filhadaputa!

— Manhê, esse aqui tá te xingando! — se queixa Lucas.

— Assim já é demais! Que absurdo! Lucas, venha cá, vamos embora agora!

O mal-estar se alastrou. Gabriel não se contém e corre para os braços de Kátia.

— A culpa é desse teu marido! Eu sabia! Tá vendo o que ele fez com meu aniversário? É por isso que eu odeio ele!

— Calma, meu filho, é só um joguinho sem importância! Toma uma Coca-Cola!

— Não quero Coca-Cola nenhuma — vareja o copo longe. — Não quero mais nada! Não quero mais festa! Quero ir embora pro meu quarto jogar videogame.

— Gabriel, não faz assim! Vamos cantar o parabéns, então — Kátia, nervosa, tenta amansar o garoto.

— Gabriel — Uranos se aproxima. — Gabriel, calma, meu filho...

— Eu não sou seu filho! Não me chama de seu filho! Olha o que você fez! Meus amigos tão indo embora só porque você trouxe essa negrada pra minha festa! Não fala nunca mais comigo, entendeu? Nunca mais!

Ventania, atônito, recolhia sua tropa e orientava todos a entrar direto no ônibus como estavam, sem olhar para trás.

— Vocês são foda, mesmo! Tião, pau na máquina, vamos sair fora que isso já tá fedendo.

Kátia, desesperada com o fiasco, exige uma retaliação.

— Como é, Abílio? Vai ficar aí parado? Faça alguma coisa, dê uma lição nesses esmolambados.

Tião liga o motor, engrena a ré e quando vai tirar o pé da embreagem, vê Uranos na sua frente fazendo sinal para ele parar. Tião abre a porta dianteira para o patrão subir.

— Vocês acabaram com a festa do meu enteado! Que vergonha! Que lambança! E agora acham que eu vou dar carona pra esse bando de insolentes. Eu quero todo mundo fora do meu ônibus, agora! Rua!

Os garotos se levantam cabisbaixos, mas Ventania sai em defesa do seu pessoal.

— Seu Uranos, senhor tá nervoso, eu entendo, mas tem que ver que o pessoal foi muito humilhado...

— Humilhado estou eu na frente dos meus amigos, da minha família, da minha mulher! Eu não quero saber de vocês no meu carro. Fora!

— Mas seu Uranos, a gente nem trouxe o dinheiro da passagem...

— Voltem a pé! A pé! Que se danem vocês todos! E você também,

Paulo Ventania, você me decepcionou profundamente! Ponha-se daqui pra fora com esses seus, seus... esses seus!

O grupo saiu calado, em fila indiana. Alguns carros também deixavam o local da festa, em meio a comentários revoltados, xingamentos e choradeira das crianças derrotadas.

Ao chegar na autoestrada Lagoa-Barra, Ventania parou o grupo e olhou para os dois lados, sem saber por onde começar a caminhada rumo ao distante subúrbio. Não sabia se seria melhor encarar a Linha Amarela ou se deveria tomar a direção do túnel Rebouças.

26:30

Glanderson chegou estropiado em casa, depois de andar a noite inteira, da Barra da Tijuca até Vicente de Carvalho. Antes de cair no sono, teve que ouvir da avó que não devia ficar fazendo uma coisa dessas, como se alguém escolhesse entre andar ou não mais de trinta quilômetros, sem nenhum prêmio em jogo. Pior foi o dia seguinte.

Glanderson estava fisicamente muito mal preparado e era dúvida para o baile daquele domingo. Acordou depois das duas da tarde, à custa de muitos solavancos de dona Conceição. Recusou-se a almoçar, preferiu respeitar o próprio fuso horário e tomar uma xícara de café com leite acompanhada de pão com margarina. Arrastou-se até o campinho, onde alguns amigos soltavam pipa. Era tudo que os companheiros de peregrinação podiam fazer, além de ser sacaneados pelo povo preterido na empreitada do dia anterior.

— Aí, chegou mais um que se fudeu! — gritou um moleque ao avistar Glanderson, enquanto passava cerol numa linha esticada de uma trave a outra do campo.

— Tá cansadinha, tá? — um outro complementou a gozação. — Pelo menos faturou uma baba pelo jogão, né? O quê? Não pagaram nada? Não acredito! Pô, tô morrendo de peninha de vocês...

— Por que você não vai tomar no cu? — Glanderson quebrou o gelo.

— Ah, quero não, é muito longe, tem que andar pra cacete. Não foi isso que vocês foram fazer lá na Barra? — O pessoal caiu na gargalhada. Estavam todos vingados.

— Não entra nessa não, Glanderson — ele reconheceu a voz. Era Chaveirinho dibicando uma pipa para tentar aparar outra que passava voada. — Esses caras tão de zoação desde cedo, vai ser ruim deles pararem.

— Ah, não vamos parar mesmo — confirmou um dos excluídos. — Vocês ontem também não pararam, né? Passaram batidos por aqui, não tiveram a menor consideração pela rapaziada do conceito que ficou comendo poeira quando o ônibus passou. Mas foi melhor assim. Vocês estavam mais bem-preparados pra rodar a cidade a pé...

Glanderson preferiu ignorar o chororô e perguntou a Chaveirinho se o Zulu esteve por ali.

— Passou mais cedo, ficou pouco tempo e disse que ia pra casa tirar um ronco pra estar inteiro na hora do baile. Aliás, ele andou procurando por você — respondeu dando linha para alcançar a rabiola de uma pipa que perdia forças e baixava gradativamente.

— É, eu combinei de ir com ele, mas acho que não vai dar. Tô estouradão.

— Que é que há, Glanderson, tu sempre foi estouradão — um magricela aproveitou a deixa para retomar a encarnação — Todo mundo sabe que tu é calminho pela frente, mas por trás é todo estourado!

Todo mundo riu, menos a vítima.

— Pô, essa é nova, hein. Inventou agora? — ele tentou cortar a onda...

— Não, inventei ontem, quando vocês tavam voltando da Barra. — ...mas não conseguiu.

— Porra, Palito, cala a boca! Deixa eu trocar uma ideia aqui com o Chaveirinho que o assunto é sério! — Glanderson estava saindo do sério.

— Hmmm, como ela tá nervosa! Cansada, estourada e nervosa... — Palito e sua galera não aliviavam.

— Mas tu é um mala mesmo, hein! — Chaveirinho intercedeu.

— Ih, a fêmea agora tomou as dores do macho? — Palito esganiçou a voz para irritar ainda mais a dupla.

— Aí, pra mim, chega! Você venceu, Palito — Chaveirinho começou a recolher a linha, enrolando-a numa lata de óleo até sua pipa baixar no terreno. Pegou seu brinquedo pelo cabresto e convidou Glanderson a se retirar. — Vamo nessa, Glanderson.

Eles saíram metralhados por tiradas da rapaziada. Se cada frase fosse um tiro, suas costas estariam transformadas em peneiras.

Foram até a casa do Zulu, que apareceu na porta com a cara mais amarrotada que jornal de limpar vidraça. Foi tirado do meio da soneca, mas se animou ao ver os amigos.

Saíram andando para a esquina, o quartel-general dos aliados.

— E aí, Glanderson, vamo lá no baile? — perguntou Zulu, com a voz meio rouca.

— Pois é, tava falando com o Chaveirinho que não vai dar. Ainda não me recuperei da caminhada e amanhã eu treino cedo com o seu Ventania.

— Ventania... Nem me fala nesse cara. Que roubada que ele meteu a gente!

— Não foi culpa do cara — Glanderson tentou ser compreensivo.

— Não vem com essa não, meu chapa! — Zulu se irritou. — O cara é teu cupincha, mas fala sério! O que é aquilo? Vocês, mal ou bem, ficaram no mesmo time, mas eu ainda fiquei defendendo o gol daqueles babacas, feito um esparro. Quer dizer, defender não, que eu não ia me ralar todo pra mauricinho — os três se calaram. Ninguém queria dar sequência ao assunto, Zulu se tocou e mudou o rumo da prosa. — Então, quer dizer que tu não vai mesmo?

— Pois é, além disso, eu tô duro, não tenho nem o do ingresso. Aí não vou sair de casa pra ficar no sereno, ouvindo o baticum e vendo as popozudas passarem.

— E quem falou em pagar ingresso? — Chaveirinho aguçou o ouvido. Zulu continuou. — Eu conheço o pessoal que tá alugando o som de hoje. Eles botam a gente lá dentro fácil.

— Sei não, Zulu... — Glanderson não se convencia.

— Aí, se der, eu tô nessa! — Chaveirinho se prontificou para a bocada.

— Minha van já tá lotada, Chaveirinho — Zulu estava mais preocupado com Glanderson. — Não vai mesmo? Tem certeza? Pô, sabe aquelas minas que eu tava te falando lá no ônibus? Vão estar lá. Tão confirmadíssimas.

— Aí, se der, eu tô nessa! — insiste Chaveirinho.

— Peraí, Chaveirinho, fica na tua! — Glanderson parece despertar. — É sério mesmo? Tu falou com elas? Elas disseram que vão?

— Calma, moleque! — Zulu sentiu que estava dominando a situação. Estava com a bola no meio de campo, pronto para lançar em profundidade para qualquer dos pontas, era só escolher. — Eu falei com a Jô. Ela me disse que vai levar três amigas.

— Ô Zulu, me bota nessa fita, vai, na boa! — Chaveirinho quicava de excitação.

— Sossega aí, cara! — Glanderson esqueceu o cansaço e tentou neutralizar o assédio do bicão. — Não vê que isso é assunto nosso? Você falou de mim?

— Falar de você pra Jô? Tá maluco, cara? Eu tô de olho nessa gata, não quero ninguém urubuzando, não.

— Nada a ver! Podia ter falado que vai levar um amigo e coisa e tal...

— Que levar amigo! Que mané levar amigo! Assim eu queimo o teu filme e o meu. Homem não leva amigo, encontra por acaso, aí apresenta. Tem que ser assim, senão é papo de mulezinha...

Glanderson entrou no banho disposto a sair outro, queria ver escorrer pelo ralo não só a sujeira, a poeirada, a lama, o cecê. Queria ver correr na água ensaboada a timidez, o medo, o pânico de chegar junto de uma garota e mandar uma letra. Se não tivesse um bom papo, pelo menos se apresentaria cheiroso, com a pele macia e o cabelo molhado, aquele jeito de quem tomou um banho pensando nela, seja ela quem for. Não estava em posição de impor condições. Otimista, caprichou no asseio das partes íntimas, imaginando como seria bom que uma princesa o empurrasse num canto, romanticamente: "E aí, totosão, beleza? Posso pegar no seu pau?" O capricho na limpeza era tamanho, o manuseio da mangueira íntima era tão intenso que por pouco ele não se sentiu realizado sexualmente ali mesmo, antes de chegar ao baile, melhor, antes de sair do chuveiro. Uma dúvida inconfessável lhe passou. Deveria ou não se esmerar na higiene da retaguarda? Não queria se passar por porco, lógico. Mas também não queria deixar a impressão de que se tratava de uma área social do seu corpo, superbem cuidada, urbanizada e, portanto, muito frequentada, um ponto de encontro para os amigos. Preferia que ficasse claro que ele só usava a bunda para necessidades, que era uma via de mão única, que o trânsito para o interior nunca era desviado por ali. Mas o bom senso acabou falando mais alto e ele lavou com afinco seu fiofó.

Procurou no armário uma roupa que pudesse ficar bem na foto no meio da multidão. Algo que lhe deixasse com um visual bacana, arrumado sem parecer estar pronto para um culto evangélico. Não havia como se demorar na tarefa, as opções eram poucas: três camisas, duas calças jeans, fora as bermudas e as camisetas sem manga, seu traje habitual.

Escolheu a calça mais limpa. Lembrou-se de uma camisa com pouco uso, uma da seleção paraguaia que seu tio camelô lhe trouxe de presente quando foi importar mercadorias do país vizinho. Ao sair do quarto, sua avó notou a produção do rapaz.

— Vai aonde tão emperequetado?

— Emperequetado, eu? Que é que há, vó! Tô normal, como sempre, só não tô de bermuda.

— Não é a roupa, meu filho, é o banho. Você não é disso...

— Ah, vó, não enche!

— Olha o respeito, menino! Vou perguntar de novo: vai aonde?

— Sair com uns amigos.

— Amigos, que amigos? Não é com aquele seu amigo mais velho, do futebol, é? — dona Conceição revelou uma ponta da sua preocupação.

— Quem, o Ventania? Nada a ver, vó. Esse cara não é meu amigo, é só o meu técnico e futuro empresário. Tô indo num baile com o pessoal do campinho.

— Ah, bom. Não é porque você é criado pela avó que vai virar boiola, tá me entendendo?

— Pode deixar, vó. Eu não vou entrar nessa mesmo. Nem que a senhora pedisse.

— Agora vê lá se não vai arrumar uma vagabunda por lá, dessas que pegam no pé, embucham logo e depois vão querer morar aqui com a gente.

— Pô, vó, a senhora tá indo longe demais. Imagina, quem é essa otária que vai dar esse golpe tão furado? Ter filho com duro.

— Tá assim de piranha querendo se abrigar nesse teto, pensa que eu não sei? Elas andam aí de calça da moda, mas descem tudo lá da ponta do morro, de olho numa morada com reboco na parede e azulejo no banheiro. Te cuida!

— Tô indo nessa. Não precisa ficar acordada me esperando. Tchau.

Vou deixar seu copo de leite morno na sua cabeceira. Se chegar tarde, vai beber frio mesmo que eu não vou me levantar pra requentar não.

— Tá bom, vó. Boa noite! — Glanderson respondeu e escapou rápido para o corredor, fechando a porta torcendo para que ninguém tivesse grampeado a conversa.

Glanderson correu para chegar às quinze para as dez na casa de Zulu, que o recebeu de cuecas.

— Já? — espantou-se Zulu.

— Ué, você não está pronto? O baile está marcado para as dez, assim a gente vai se atrasar.

— Tá indo varrer o salão? Vai flanelar os carros? Pra que tanta pressa, rapá? Entra aí. — Ele abriu a porta e jogou uma latinha de cerveja na sua direção — Toma aí essa cerva e me espera que eu tô me arrumando.

Glanderson não via a menor graça em cerveja, uma coisa amarga, geralmente quente, de tanto que enrolava para tomar um gole. Além do mais, ele tinha dezesseis anos, e só aos dezoito você é obrigado a gostar de encher a cara. Mas não iria recusar e passar por bundão na frente de Zulu. Conformou-se em tomar uns goles para mostrar que era macho.

Estava concentrado na tarefa de se ver livre do conteúdo da latinha nem que fosse ingerindo. De repente se deu conta de que não estava sozinho na sala.

— Podemos saber onde vocês vão?

— Hã?

— E a que horas pretendem voltar?

— Não sei, eu...

— Vocês jantaram direito?

— Obrigado, eu já...

— Você tem idade para beber?

— Não, quer dizer, sim, mais ou menos.

— FODAM-SE! — Zulu reapareceu na sala botando o pulmão pra trabalhar. Seus pais cortaram imediatamente o interrogatório. — Será possível que é sempre assim quando vem um amigo meu aqui em casa? Vamos nessa, Glanderson.

— Boa noite — ele murmura antes de sair, tentando ao mesmo tempo ser educado e evaporar o mais rápido possível dali.

Eles saem para fazer hora na esquina. Glanderson estava intrigado com o diálogo de Zulu e seus pais.

— Porra, cara, como é que tu fala assim com seus pais?

— É a única palavra que eles entendem. Já tentei outras, mas não funcionaram. Agora esquece os malas! Diz aí, preparado pra pegar umas cachorrinhas hoje?

— Já é, meu camarada! Tô sequinho pra pegar uma neguinha bem popozuda e cair matando.

Glanderson se esforçava para forjar uma intimidade com tudo aquilo. Mas a verdade é que raramente saía de casa à noite, estava longe de ter o jogo de cintura de Zulu, que era de maior, boa pinta, rato de bailes, trabalhou numa equipe de som, vivia passando o rodo nas gostosas e nas barangas da área. Por alguma razão, ele tinha ido com a cara do Glanderson, gostado da sua conversa, do seu jeito diferente e resolvido dar uma força ao parceiro.

Tinha percebido que quando falavam de mulheres, o parceiro ficava excitado e desandava a mentir descabidamente. Estava na cara: esse moleque estava precisando comer alguma coisa do sexo feminino.

—- Vem cá, tu tocou umazinha antes de sair pro baile? — Zulu encostou o amigo contra a parede. Este chegou a olhar para trás na esperança de ele estar falando com outra pessoa.

— Eu? O quê?

— Punheta, bronha, porra! Tu tocou uma antes de sair pro baile?

— Claro que não, rapá! Pô, vou gastar munição em dia de batalha? Tá me achando com cara de mané? — Glanderson respondeu na lata, provando sua vivência.

— Tô. Tu é o maior mané! Onde já se viu sair de casa pro baile sem dar aquela aliviada na pressão? Tu vai chegar que nem um garrafão de Coca-Cola quente, é só tirar a tampinha que derrama tudo.

Glanderson calou-se. Ficou evidente sua falta de contato com a matéria. Notou ali que teria muito a aprender, mas não queria dar bandeira.

— Tu é virgem, Glanderson? — A pergunta pegou na testa, um tirambaço de fora da área. Glanderson sentiu a pancada e quase sai do ar.

— Virgem, eu? — responde nervoso. — Virgem? Que isso, rapá! Olha bem pra minha cara! Vê se eu tenho cara de virgem. Já comi muita mulezinha por aí, rapá. Pensa que é só tu que pega? Elas hoje dão molinho, molinho, é só chegar junto e pá, sacô!

— Glanderson, na boa, tu é virgem.

— Não sou, rapá, juro pela tua mãe mortinha!

— Pela minha não, pela tua!

— É que a minha sumiu, nem sei se ainda tá viva — eles mergulham num profundo silêncio. Glanderson, constrangido, tenta mudar de assunto. — Zulu, e aquele papo da punheta, é sério?

— Claro que é sério.

— Então você tocou ainda há pouco?

— Toquei.

— Antes ou depois de pegar aquela cerveja pra mim?

— Antes, por quê?

— Eca, que nojo! — Esfrega as mãos na calça.

Meia noite e meia, hora de ir para a batalha. A essa altura a chapa está quente, a mulherada chegando, o salão lotado, a música bombando. Glanderson cansou-se de ouvir de casa a zoeira daquele baile, apesar da relativa distância de sua cama ao salão da escola de samba Acadêmicos de Vicente de Carvalho. O silêncio da noite associado à potência do equipamento alugado era capaz de acordar qualquer defunto que estivesse sendo desovado num raio de cinco quilômetros. Até então, porém, não tivera a iniciativa de trocar o pijama por um tecido maneiro para ir conferir de perto.

Timidez, inibição, medo de ser hostilizado por algum sangue ruim. Precisava colar com alguém de responsa, alguém que lhe servisse de passaporte e garantisse uma recepção amistosa. Zulu era o cara. Se ainda por cima conseguisse deixar a condição de cabaço, o amigo poderia pedir o que quisesse, desde que não incluísse no rol dos desejos nenhuma parte da sua anatomia.

Os dois caminhavam em direção ao baile, quando num ponto escuro da rua foram abordados por um policial.

— Parados aí, vagabundos!

— Que é que há, seu guarda. A gente tá limpeza — Zulu procura manter a calma para levar a autoridade no bico. Sabe que o pior dos mundos é ter um policial irritado contra você.

— Cala a boca, você aí. Só fala quando eu perguntar. Tão vindo de onde?

— Da minha casa — respondeu Zulu.

— E você aí, ô caladão. Não tem língua não?

— O senhor não pediu pra gente se calar? — reagiu Glanderson, surpreso.

— Olha como fala, moleque! Não seja abusado. Documentos!

Eles apresentam as carteiras de identidade.

— De menor e na malandragem — o policial passou a fazer pressão sobre o elo mais fraco.

— Co-como assim malandragem, seu guarda? Eu não fiz nada — Glanderson estava mais nervoso a cada segundo.

— Pensa que eu não manjo vocês? Eu conheço vagabundo à distância, só pelo jeito de andar. E você vinha com uma ginga que não me engana. Tu deu a maior bandeira, garoto. Aquilo não é andar de gente honesta, entendeu? — O guardinha aumentava o volume da voz.

— Pô, o problema é o meu jeito de andar? — Glanderson aumentava a tremedeira.

— O problema eu ainda não sei qual é, mas a prova que tu não presta é esse teu andar de malandro mesmo.

— Seu guarda, não é isso, é que eu sempre manco um pouco — quanto mais tentava se explicar, mais o policial pegava no seu pé.

— Claro que tu tem que mancar. Agora vamos ver se a razão dessa capengada é o preto ou o branco que tu comprou ali na boca do Juramento.

— Não é isso, seu guarda, é que...

— Cala essa boca, meliante! — O PM tinha certeza de que a féria da ronda estava garantida. — Tira esse tênis e me passa o flagrante, anda logo!

Glanderson obedece, tira o par de tênis, primeiro o esquerdo, em seguida o direito. O policial avança sobre os pisantes e começa a sacolejá--los na esperança de cair um paco de maconha ou um sacolé de cocaína. Não encontra nada. Só então ele olha para o pé da sua vítima.

— Que porra é essa, moleque?

— O que é que foi, seu guarda? — Glanderson se espanta, quase se mija de tensão.

— Eu não tenho nada com isso, não, seu guarda — Zulu se apressa em tirar o corpo fora. — Se tem alguma coisa com ele, é problema dele!

— Que porra é essa no seu pé? Cadê a porra dos dedos? — Apontava para o pé direito do rapaz.

— Eu não tenho. Por isso eu manco um pouco quando tô calçado.

— Ah, então é isso? Tu não é malandro porra nenhuma, é só aleijado! — O tom agora é outro, mais para galhofa.

— Pois é, seu guarda, foi mal. — Aliviado e sem saber o que dizer, ele se desculpa. — É que dói um pouco, aí...

— Calça logo essa merda de tênis que eu não quero ficar olhando pra esse troço. Assim eu acabo ficando com pena e te dando uma moeda. E eu não tô na rua até essa hora pra fazer caridade.

— A gente tá liberado? — pergunta Zulu.

— Rapa fora, rapa fora!

Os dois se adiantaram imediatamente e, antes que o meganha pudesse mudar de ideia, Glanderson já mancava longe, acompanhando Zulu. Estavam ofegantes com a corrida.

Zulu lhe falou do susto que passou quando o policial desconfiou de que havia alguma sujeira escondida no tênis do amigo. Glanderson jurou nunca ter tocado em droga nenhuma, sujeira no seu tênis só quando pisava em cocô de cachorro. Mas não era de hoje que sua passada era confundida com ginga de malandro. Certa vez chegou a se livrar de um assalto quando um bando que operava numa esquina do bairro livrou sua cara por achar que ele era do mesmo sindicato.

Mas não era o momento para este tipo de assunto. O galpão da Acadêmicos de Vicente de Carvalho estava próximo, o fluxo de pessoas aumentava, a zoeira cada vez maior, a excitação de Glanderson também. Zulu, mais à vontade, cumprimentava alguns conhecidos, filmava as gatinhas, gravando no arquivo aquelas que valiam à pena.

— É muita mulé, cara, não dá nem pra saber por onde começar — Glanderson comentou, enquanto o periscópio de Zulu varria a área.

Lembrou-se do amigo perguntando-lhe se era virgem. Sentiu-se como se Zulu lhe espetasse uma faca no pescoço. De onde tirava a ideia de que era virgem? Por acaso trazia escrito na testa sua vivência sexual? Que diferença havia entre os dois que o levava a essa conclusão? Não estavam ali, na porta do baile, em atitude de macho, conversando feito machos, de olho no mulherio como qualquer outro? Poderia apontar qualquer um ali e dizer se era ou não virgem?

— Já comeu alguém, Glanderson? — Zulu retomou a pergunta inconveniente.

— Hã? O quê? Falou comigo?

— Tá surdo? — eleva a voz — Tô perguntando se você já...

— Claro! Já — interrompeu antes que algum ouvido entrasse na linha. Respondeu sem convicção, ele mesmo notou. Não conseguiria persuadir ninguém, não resistiria à sequência deste diálogo, tratou de emendar. — Quer dizer, mais ou menos.

— Mais ou menos?

— É... — Glanderson engasgou. — Quer dizer, comer, comer, ainda não, mas... — O interrogatório o estava deixando sem jeito, acanhado. Tentava ganhar tempo para recorrer à imaginação e sair-se razoavelmente bem, não tinha certeza do êxito em sua operação. — ...mas uma vez uma mina chupou o meu pau. Foi no carnaval. Eu ganhei ela num bloco, a gente se destacou, foi pruma rua deserta. A gente tava no maior clima, um amasso do cacete, aí eu botei pra fora, mas ela deu pra trás...

— Foi na bundinha?

— Não, nada disso. Ela desistiu, falou que tava menstruada.

— Então, mais um motivo — Zulu estava provocando, vendo Glanderson suar de nervoso.

— Peraí, cara. Deixa eu contar, pô! Fica me atrapalhando, eu acabo me confundindo, já faz um tempão, eu não me lembro dos detalhes direito.

— Não lembra dos detalhes? Nem se o detalhe dela era grande, duro e volumoso?

— Como assim? — Ele já estava meio perdido, não captava mais as gozações.

— Tô achando que tu pegou foi um travesti.

— Ah, Zulu, vai se foder!

A conversa consumiu a atenção do garoto, que não se deu conta de como entraram no baile. Para seu alívio, o som era tão alto que não teria como estender o papo. A mudança do panorama também fez morrer o assunto. Zulu avistou um conhecido próximo às picapes. Era o DJ Medonho, um antigo parceiro de equipe de som. Eles atravessaram o salão pouco iluminado. Ainda assim, era possível distinguir várias bundinhas sacudindo na cadência da melodia, uns grupos evoluíam em coreografias previamente ensaiadas, outros cortavam a multidão formando trenzinhos, garotas provocativas em calças apertadíssimas.

— A parada tá boa hoje, hein — Zulu cumprimenta seu amigo Medonho.

— É. A mulherada tá toda aí, ó. É cair matando — sugere o comparsa.

Glanderson não acompanha a conversa, não dá pra ouvir, nem este é o seu interesse.

Estava focado nos rostos suados, nas blusas coladas, nas calças que começavam um palmo abaixo do umbigo, deixando à vista brincos que valorizavam belas barriguinhas. Mas o piercing não é só para quem está bem na foto. A gorda tenta embelezar seu lamentável barrigão e instala no seu umbigo não um piercing, mas um *pancing*. A coroa sem grana para esticar a pele, estica seu tempo de tchutchuca decorando o corpo enrugado com um *pelancing*.

Ele se perde no sacode ritmado da multidão, considerando o shortinho atochado no rego a maior invenção da humanidade, à frente até da roda, já que ele não tinha carro. No salão pouco iluminado, aquelas deusas negras, vestindo top preto e um microshortinho branco obrigam seu olhar a se fixar nas bundas que se destacam como uma parte independente do corpo delas. Sua vontade é meter a mão naquelas popozudas sensualmente rebolativas, chegar junto e cair matando. Mas como? Nenhuma delas dava a menor condição, sequer notava sua presença. Era como se fosse invisível. Não conseguia entender a razão para tamanho desprezo. Não era por ser preto, a maioria ali o era. Não era por ser pobre, tirando o camarote dos jogadores, poucos tinham renda. Não era mais feio que muitos dos que estavam se dando bem. Qual a diferença, então?

Glanderson olha de longe o desempenho de seu amigo Zulu, que interrompe a conversa fiada num grupo de garotões e foca numa gata. Seus olhos parecem possuir mira a laser, nunca perdem de vista a presa. No momento certo, se aproxima e fala qualquer coisa no seu ouvido. Ela o olha de cima abaixo, ele não se intimida e dispara mais uma frase rápida, curta, sem perder o sorriso. A menina dá atenção. Zulu segura seu braço, mais um cochicho e eles saem juntos para os fundos da quadra. Glanderson sabe para onde os dois vão, mas não pode segui-los. Estão indo para a área mal iluminada conhecida como *Big Brother*, um paredão onde ou você fica ou é eliminado. Ali rolam todos os níveis de amassos, do mais inocente beijo de língua às manobras que exigem flexibilidade corporal, lubrificante e camisinha. Claro, a imensa maioria não possui lubrificante, muito menos camisinha. Glanderson sabe de tudo isso de ouvir falar, nunca teve oportunidade de arrastar ninguém até lá. Também não seria conveniente dar uma de Pedro Bial e dar uma espiadinha indiscreta.

Glanderson ficava intrigado com a iniciativa do amigo, a atitude corajosa, desaforada, mesmo. Como ter certeza de que a menina não está acompanhada? De que seu namorado não é um chefão do movimento? De que ela não está circulando sozinha só para atrair um otário que servirá de saco de pancada para o queridinho dela e seus amigos? Morria de medo de ouvir um "Tá olhando o quê, mané?". Por cima de tudo isso, o que dizer no ouvido dela? Que palavras podem tirar uma mulher do estado de total desprezo e indiferença e levá-las a aceitar o convite para um paredão imundo e às escuras? Sem contar com a zoeira do baticum e o blá-blá-blá dos MC's que impede qualquer diálogo no meio do baile. Ou seja, é preciso ter na manga frases de efeito fulminante. Frases, não, palavras que funcionem como senha em banco eletrônico. "Você vem sempre aqui?" Nem pensar, muito batida. "Sabe que você tem olhos lindos?" Nesse breu não dá pra ver mesmo. "Você fica linda nessa miniblusa." Reparar em roupa é coisa de boiola. "Qual o telefone da cachorrinha?", "Você é a mãe solteira que meu futuro filho pediu a Deus.", "Quero te comer todinha."... Definitivamente, Glanderson não sabia a senha, não tinha cartão, muito menos conta em banco. Ficava difícil.

Ele imagina que quando for um jogador famoso, a coisa mudará de figura. Vai poder alugar um camarote daqueles ali de cima e passar o rodo. Não vai ser preciso nenhuma cantada, poderá vir ao baile amordaçado, bastará abrir a braguilha para a mulherada se assanhar. Vai ter moral, vai ser respeitado, disputado, as mulatas puxando os apliques umas das outras pelo privilégio de estar ao seu lado. Isso sim é vida. Adeus tristeza, adeus indiferença, adeus punheta frustrada de fim de noite. Vida de jogador de futebol, ele ainda iria ter uma. E vai saboreá-la. Depois de uma vitória, escolher o menu na arquibancada e não ter com que se preocupar. Nem se for casado. Esposa de jogador sabe que não pode esquentar com isso. Não pode forçar a barra, dar escândalo, correndo o risco de perder a mordomia. E ainda ouvir: "Ô, mulé, fica fria, é meu dever profissional. Faz parte do ofício. Se eu não pegar essas marias chuteiras, acabo falado na torcida, viro chacota na concentração, periga o técnico me barrar." Mas Glanderson ainda não havia chegado lá, faltava muita estrada a percorrer. No momento, tem de contar com a cara e a coragem. A coragem não é muita, a cara não é lá essas coisas, mas quem não arrisca não petisca. Ele ajusta sua pontaria para uma gordinha que chegou acompanhada de outras três amigas mais interessantes. Elas têm pinta de que não vão demorar a se arrumar, a gordinha parece que vai sobrar. Elas observam os caras, apontam para um ou outro, cochicham, riem, estão à vontade. A gordinha está mais tensa, menos certa de que vai se dar bem. Ela se destaca e caminha na direção do banheiro feminino.

Os machos se amontoam ali para dar o bote. Uma funcionária mal-

-encarada faz a segurança, impede o avanço dos mais abusados. Glanderson, nervoso, se aproxima da menina. De perto nota que a gordinha não é nenhuma candidata a miss. Mas ele também não é nenhum galã de novela. Vamos adiante:

— Oi — sua voz vacilante, quase inaudível.

— Quê? — espanta-se ela.

— Eu disse oi.

— Só isso?

— Só. Eu queria falar com você.

— Agora não, tô apertada.

Ela se desvencilha e avança para a área controlada pela funcionária mal-encarada. Mais uma que escapa. Glanderson se amontoa com os machos que estão ali tentando a sorte.

Dentro do banheiro, as mulheres retocam a maquiagem, ensaiam um trenzinho e outras coreôs, enquanto algumas trocam impressões de como anda a pescaria. A gordinha se aproxima das amigas, elas logo querem saber quem é o cara que estava dando em cima dela.

— Conta, Vulviane, conta quem é o gatinho.

— Ih, não tem nada disso não — Vulviane desconversa. — O cara não sabe nem conversar.

— E qual é o homem que sabe conversar? Fala sério, pra conversar a gente tem amiga. O homem serve pra outras coisas.

— É, por exemplo, pra engravidar a gente, não é mesmo? — Ela acaricia a barriga pronunciada da futura mãe adolescente.

— Qualé, Vulviane? — interferiu outra colega. — Não é porque a Jéssica vacilou e agora tá prenha que eu vou deixar de pegar os meus gatinhos. E acho melhor você fazer o mesmo. Aí, amiga, vou te falar na sinceridade: tu não tá com essa bola toda pra ficar esnobando homem não.

— Isso aí, melhor engravidar do que morrer virgem — declarou Jéssica.

Vulviane sentiu o golpe. Aproveitou a deixa para entrar num dos reservados. Detestava quando pintava papo de virgindade. Ela tinha vergonha de ser virgem e sabia que era uma das poucas assim naquele baile. Ela estava acima do peso, mas não era motivo para se entregar ao primeiro zé mané que aparecesse. Principalmente aquele neguinho magro, sem graça e sem assunto.

Zulu reaparece no salão. Está sozinho. Passa perto de Glanderson, mas não o vê. Este dá-lhe um tapa no traseiro, Zulu vira-se querendo briga, mas reconhece o amigo.

— Faz isso não, rapá, acaba levando um troco nas ideias. Em bunda de homem não se põe a mão.

— Que isso, cara, é mordido de cobra? E aí, cadê a Jô?

— Não pintou. Nem ela nem a amiga.

— E aquela gata que tu tava azarando?

— Chutei. O negócio dela era boquete e eu não quero perder meu tempo com bobeira.

— Pode crer — ele concorda da boca pra fora. Se tivesse condição de descolar um boquetezinho, seria o sujeito mais feliz do bairro.

— E você?

— Mais ou menos. Mandei uma letra pra mina, mas não rolou nada.

— Nem um boquete?

— Ainda não. Mas eu pedi pra sair com ela.

— Pediu pra sair? Que mané pedir pra sair! Tem que pedir pra entrar. É assim que elas funcionam.

— Pode crer.

Glanderson se calou. Viu que ainda tinha muito a aprender. Zulu foi se encaminhando para a porta de saída.

— Essa parada já deu o que tinha que dar. Vamos sair fora.

— Agora? Peraí, Zulu, eu tô de campana aqui no banheiro feminino, tem uma gata lá dentro que me deu o maior mole.

— A hora é essa, Glanderson. Olha o movimento lá no palco, tão começando a preparar os morteiros. Daqui a pouco vai começar a queima de fogos e eu não tô a fim de virar churrasquinho funk.

Zulu foi andando para fora do salão, Glanderson o acompanhou, sempre se voltando para olhar para a entrada do banheiro feminino. Mas Vulviane não reapareceu.

30:17

Glanderson acordou tarde no dia seguinte. Estava meio surdo, por conta da zoeira no salão do baile. A cabeça zunia, pois não comera nada desde que saíra à noite. O corpo estava dolorido das horas que ficou de pé, sem que tivesse se recuperado plenamente da caminhada Barra-Vicente de Carvalho. E dolorido também estava seu pau, pelas horas que ficou de pé, em posição de sentido, aguardando ser acionado, o que só ocorreu em casa, segundos antes de cair num sono profundo. Sua avó saiu, deve ter ido entregar umas roupas lavadas e passadas na casa de alguma freguesa. Não queria se dar ao trabalho de preparar um café da manhã, tomou um resto do leite frio que havia sobrado de ontem no copo sobre a mesinha de cabeceira. O relógio indicava que o encontro com seu treinador tinha ido pras cucuias.

Mas sabia onde encontrá-lo. Foi direto à barbearia. Ventania estava com a cara enterrada na página de esportes de um jornal popular quando seu Aníbal anunciou sua presença.

— Seu craque acaba de chegaire.

— Oi, seu Ventania.

— Bonito, hein! Não tem nem três meses que você treina e já tá pegando vício de veterano! Sai pras noitadas, não tem hora pra chegar, falta ao treino... Que é que há, rapaz, vai começar a carreira pela decadência? Se é isso, me avisa logo que eu dou linha na minha pipa!

— Desculpa, seu Ventania, pisei na bola, não tem desculpa.

— Onde é que você quer chegar, garoto? Quantas vezes preciso repetir a mesma ladainha? Não adianta ser um craque indolente, um jogador medíocre e aplicado tem muito mais futuro.

— É, o senhor tem razão...

— Eu sei que tenho razão, não precisa me dizer isso. Bota a mão na consciência e pensa como é que tu vai pra frente desse jeito. Como é que tua avó, que já jogou os dois tempos e está nos descontos, vai parar de lavar pra fora e andar carregada de roupa por aí? Não sei não, Glanderson, desse jeito, não sei não.

O garoto baixou a cabeça e ficou mudo.

— Bom, vamos trocar esse CD. É o seguinte, essa semana eu tinha um programa de condicionamento físico pra você, uma rotina pesada, você tem que estar voando baixo em quinze dias. Já agendei testes em vários clubes e você sabe que a disputa nessas peneiras não é nenhum brinquedo, tá assim de garoto mordendo a bola, louco por um lugar ao sol. Já te falei, a maioria das vagas ficam com quem tem conhecimento nas diretorias, só tem espaço pra quem é fora de série. Você tem condição de passar num vestibular desses, mas não vai ser moleza. Agora, nesse estado, com essa olheira, essa cara de fome, não dá pra você trabalhar. Vai pra casa, descansa que amanhã a gente retoma o treinamento.

Glanderson não dava sinal de reação, estava apático, o que preocupava o dublê de personal trainer e empresário.

— Que foi? Que desânimo é esse, rapaz? Morreu alguém?

— Não, é que... Eu não sei se vale a pena todo esse esforço.

— Como é que é? — Ventania deu pulo do banco, um coroa sentado na outra ponta desequilibrou-se e foi ao chão. — Desculpa aí, meu tio. Glanderson, vamos dar uma volta pra conversar melhor.

Estava confuso, perdido, não sabia por que sentia vontade de desistir de tudo. Eles deixaram a barbearia e foram andando na direção do boteco na esquina. Aquela novidade deixou Ventania atônito, precisava tomar alguma coisa forte e pagar uma Coca-Cola para adoçar a boca do garoto.

— O que é que tá pegando, moleque?

— Eu não sei se tenho estrutura pra ser jogador profissional. É muita ralação, muita responsabilidade, às vezes fico assustado com tudo isso.

— Tudo isso o quê? A gente nem começou a batalha pra valer e você já fala em pendurar a chuteira?

— E se eu estiver só perdendo o meu tempo e o seu? Talvez fosse melhor eu arrumar um emprego sério, fazer um curso técnico, trabalhar com eletrônica. Sempre sonhei em consertar aparelho de som, sabia?

— E tu acha que isso é que é sério? Quantos técnicos de som você vê morando lá na Barra, desfilando de carrão, com a mulherada caindo em cima? Acho que tu tem que consertar é essa cabeça, tem algum circuito bichado aí dentro.

— O senhor falou na Barra... Sabe que desde aquele dia eu venho pensando em desistir. É que eu nunca fui tão humilhado quanto naquele dia. Eu não quero isso pra minha vida, não. Aqui no subúrbio eu me sinto bem, daí que eu fico matutando: se a gente melhora de situação e vai pra um lugar melhor, tem que aturar o pessoal olhando a gente atravessado, além de...

— Teu problema é o racismo?

— Eu não gosto de usar essa palavra, mas é isso, sim. Eu não gosto de ser maltratado, não gosto de ninguém se achando superior só porque é mais clarinho. A pior forma de racismo é esse, por baixo dos panos...

— Deixa de bobagem, Glanderson. O pior racismo é o do taco de beisebol na cabeça. E esse só acontece com quem além de preto, é duro. Tu é preto e duro, mas não pode deixar de ser preto. Olha os crioulos lá na Europa. As torcidas tão levando banana pra tacar neles, vivem xingando os jogadores de macaco. Agora, vê se algum deles está largando a carreira por causa disso. Tu tem que ter estômago pra enfrentar essa situação. Não pode se deixar derrubar por causa de meia dúzia de mauricinhos. Tem que ter força pra levar banana nas ideias lá na Europa. Porque depois, quando acaba o jogo, a torcida volta de trem pros seus casebres, tu pega o seu carrão, vai pra sua mansão e mete a pica numa lourinha que é irmã do cara que te ofendeu. Assim que é o contra-ataque.

— Até parece que é fácil desse jeito. É muita pressão. E quando a gente pega uma lourinha ainda falam que a gente é racista.

— Não entra nessa conversa, rapaz. Mesmo o pessoal de esquerda, que adora se dizer contra o racismo, a favor da miscigenação racial, acaba metendo o malho quando vê um jogador do Brasil ou da África pegando a prima ou a sobrinha deles. Por que só jogador de futebol que não pode miscigenar? Então, crioulo só pode pegar crioula? Tá brincando! Você não pode esquentar com essa balela de racismo, não, meu filho.

Eles entram no bar. Mal encostam no balcão, o comerciante traz o copo de pinga e vai enchendo de aguardente.

— E o menino, vai de refrigerante? — pergunta simpático.

— Epa! Epa! Quem disse que eu quero tomar cachaça, meu camarada? Que história é essa? Só porque eu sou preto tu já vai me servindo de cana? Me dá uma água mineral, com gás! Que absurdo!

O sujeito, constrangido, recolhe o copo pequeno e serve a água. Ventania toma de um gole, paga e eles saem. Andam até a outra esquina onde Ventania pede uma Coca-Cola para Glanderson e entorna uma dose de 51.

— Acho melhor você ir pra casa, Glanderson. Toma um banho, descansa a cabeça, vê uns desenhos animados na tv que isso passa. Amanhã você vai estar pronto pra voltar a treinar. E ó, esquece isso, falou?

— Falou, seu Ventania. O senhor é que manda.

— Mando mesmo. E tu trata de obedecer. Vai com Deus, meu filho.

Glanderson estava mais calmo. A crise havia passado e ele nem chegou a saber o que tanto o incomodava. Talvez tenha sido a noite mal dormida, talvez a persistente virgindade que o atormentava e o fazia inventar mentiras cada vez menos críveis. Não saía de sua cabeça a mina que lhe deu mole na porta do banheiro no baile, arrependia-se até agora de ter levantado a campana, de não ter ficado para conferir. O fato é que voltou para casa, se acabou na bronha e acordou deprimido, imaginando que essa podia ser sua única vida sexual.

Mas nada disso é problema para Ventania. Seu papel é preparar o garoto para tentar que seja fisgado por algum clube que enxergue seu talento, que acredite que ainda é tempo de investir no seu jogador, e que ele pode dar retorno a curto ou médio prazo.

O menino, entretanto, precisa adquirir ritmo de jogo, precisa treinar, correr, dar piques.

Se morassem na zona sul, levaria Glanderson para correr na areia fofa da praia, mas ali, a trinta quilômetros do cheiro de maresia, tinha de ser criativo. E bolou uma fórmula de treinamento que fosse autofinanciável.

— Vamos começar uma nova fase do nosso treinamento. Veste isso aqui — disse Ventania, entregando-lhe um jaleco amarelo com a inscrição nas costas: Pizzaria Carcamano.

— Que isso? Nosso patrocinador? — O menino espantou-se com o uniforme, nada adequado para a prática de qualquer esporte.

— Mais que isso. É seu novo emprego.

— Como assim? O senhor desistiu de me treinar? Eu não tenho mesmo futuro no futebol?

— Não é nada disso, garoto. Isso faz parte da minha estratégia. Você agora vai ganhar pra treinar. Fiz um acordo com o italiano. Você vai trabalhar enquanto adquire preparo físico. Vai fazer entregas pra ele, vai ser motoboy.

— Não tô entendendo nada, seu Ventania. O senhor fala em treino e me arruma um emprego na pizzaria, diz que eu vou ser motoboy e eu nem tenho moto.

— Aí é que tá, rapaz. Tu vai ser motoboy sem moto. Vai fazer as entregas das pizzas a pé. Quando um freguês fizer o pedido, tu vai correr até a casa dele levando a encomenda, sempre mantendo um ritmo cadenciado, tanto na ida como na volta. A pizzaria é nova no bairro, tem bastante procura. Desse jeito, você vai pegar preparo físico e ainda vai faturar umas gorjetas. Vamos lá, que eu quero te apresentar ao teu patrão.

Glanderson estava surpreso com a solução do dublê de preparador e empresário, mas confiava nele, ainda mais que o treinamento envolvia a perspectiva de um faturamento. De alguma forma, estava deixando de lado o amadorismo, estava se profissionalizando.

A recém-inaugurada pizzaria Carcamano era modesta, um pequeno estabelecimento, com um forno a gás e umas poucas mesinhas de armar dispostas na calçada. A novidade estava agradando os moradores e conquistando uma clientela cada vez maior. Nos finais de semana as mesas ficavam lotadas, os adultos consumiam pizza calabresa com cerveja, a criançada comia pizza de chocolate regada a refrigerantes genéricos, similares de guaraná ou Coca-Cola. Giovanni, o dono, não tinha a intenção de expandir seu negócio com entregas em domicílio, mas acabou aceitando a proposta de Ventania. Quando os dois se aproximaram do balcão, Giovanni levantou as sobrancelhas, desconfiado.

— Olha o nosso motoboy aqui, Giovanni — gritou Ventania.

— E então, menino, preparado? Você não vai ter moleza aqui não.

— Deixa comigo, moço. Vou dar conta do recado, com certeza.

— Vê lá, hein. A pizza tem que chegar quentinha na casa do freguês, seja lá onde for. Mas fique tranquilo, só vou aceitar encomenda daqui do bairro mesmo.

— Pode mandar que eu vou, contanto que não tenha que levar bala de sobremesa.

— E nada de pizza deitada, debaixo do braço como se fosse envelope de repartição. Tem que chegar ao cliente como saiu do forno, entendeu?

— Deixa comigo, seu Giovanni, deixa comigo.

— Então, vamos começar agora mesmo. Leva essa de mozarela, o endereço tá na notinha.

— Boa viagem, moleque — incentivou Ventania. — E não esquece: no ritmo, ida e volta. Vamos engrossar essa panturrilha em quinze dias.

Os primeiros dias de trabalho foram tranquilos, as entregas eram próximas ao estabelecimento e os fregueses, gentis, pingaram um ou dois reais no bolso de Glanderson. O boca a boca foi divulgando o novo serviço e o volume das encomendas foi crescendo, sobretudo em dias de jogo importante na TV. A preguiça foi sua aliada, as famílias estavam se habituando ao comodismo de encher a pança com pizza quente sem sair de casa, tal qual moradores das zonas nobres da cidade.

Ventania mostrou-se satisfeito com o progresso do condicionamento físico do seu atleta, que estava voando baixo. O garoto dividia seu tempo entre as peladas no campinho e o expediente na pizzaria. A escola já tinha sido chutada pela linha de fundos havia tempos, desde que repetira pela terceira vez a sétima série, ele desistira de correr atrás de um diploma para ganhar a vida. Agora as gorjetas engordavam a renda familiar, bancando um ou outro capricho, como a compra de um CD pirata, um tênis novo ou algumas horas num fliperama em Madureira.

As famílias de melhor situação no bairro tomaram conhecimento da novidade. As gratificações cresceram, o volume das vendas aumentou. E num dia de grande movimento a pizzaria recebeu a primeira reclamação. O motoboy sem moto havia entregado mais de uma dúzia de pedidos num sábado de muito calor. Estava suando em bicas quando foi levar uma pizza, uma garrafa de Coca dois litros e quatro latas de cerveja para os proprietários da "Cimento & Cia", a maior loja de materiais de construção da região. Foi atendido pela dona da casa na melhor cobertura da Vila da Penha, com vista para o conjunto do Ipase.

— Olha a pizza, dona.

— Tem certeza de que não errou meu pedido? — perguntou desconfiada, respirando o mínimo possível para evitar o odor do entregador.

— É esse mesmo, dona, olha aqui: as cervejas, o refrigerante e a pizza portuguesa tamanho Maracanã. — Glanderson entregou a sacola plástica com as bebidas e levantou a tampa de papelão para que ela conferisse. Para seu azar, uma gota de suor respingou sobre uma rodela de ovo cozido.

— Aaaahh! Que nojo! — Escandalizou-se com repugnância. — Como você tem coragem de bater na minha porta nesse estado, seu porco?

— Calma lá, dona! O que a senhora queria que eu fizesse, que eu passasse em casa para tomar um banho? A sua pizza ia esfriar.

— Que insolência! Pode voltar com essa pizza!

— Tudo isso por causa de uma rodelinha de ovo? Se o problema é esse... — Retirou a rodela temperada pelo suor e comeu. — Pronto. Não tem mais drama — respondeu de boca cheia, um fragmento do ovo escapou e ricocheteou no queixo da reclamante.

— Negro suarento e malcriado! Seu patrão vai ter notícias minhas. Ponha-se daqui pra fora! — Com as bebidas nas mãos, ela empurrou a porta na cara do sem-motoboy.

— Ei, e a cerveja? E o refri? Não vai pagar? Trambiqueira! Picareta! — gritou sem notar a chegada do porteiro.

— Ô neguinho, se manda antes que eu chame a polícia! — impôs o porteiro.

— Volta pro sertão, ô paraíba! — respondeu, já descendo os degraus da escada, sem aguardar o elevador de serviço.

A resposta atrevida de Glanderson não diminuiu a força da ameaça do porteiro. Ele disparou em direção à pizzaria e à sua sumária demissão: Giovanni, o dono, já tinha recebido o telefonema da freguesa.

34:28

O bate-boca comia solto em altos decibéis na barbearia do seu Aníbal. O tema em debate era os altos salários dos boleiros.

— Não vais me dizer que tu também acreditas que os jogadoires embolsam essas fortunas que os jornais divulgam — argumentava o barbeiro. — A imprensa precisa vender, ó pá, eles sabem que nós ficamos embasbacados quando lemos essas cifras na primeira página e acabamos comprando o diário pra conferir se é isso mesmo. Mas não passa de conversa fiada.

— Bom, se é assim, como é que esses caras vivem desfilando de carrão por aí? Aonde eles arrumam verba pra mansões e coberturas nos condomínios da Barra? — rebateu o cliente.

— É muito simples: os cartolas são donos de concessionárias, possuem dezenas de imóveis à beira mar, emprestam os carros, depois contabilizam como se fosse renda dos jogadoires, tudo para engrossaire os valores que estão a sair nas revistas de fofocas. Até as putas são de seus bordéis de luxo. A mim não enganam! Tenho mais de cinquenta anos de Brasil, sei muito bem como as coisas funcionam cá — seu Aníbal parecia falar com autoridade.

— Peraí, seu Aníbal, aí o senhor está exagerando.

— Tudo baim. Vamos retiraire as putas dessa operação.

— Quem falou em tirar as putas, logo agora que eu cheguei? — Ventania abriu a porta de vidro, dando seu pitaco.

— Seu Aníbal não acredita que os jogadores estão nadando no ouro. Pra ele isso é invenção da imprensa — o cliente tentava puxar Ventania para seu time.

— Ó Ventania, apareceste em boa hora. Ontem mesmo esteve aqui o Aguiar, aquele olheiro do Vasco que dá expediente naquele centro de recrutamento de garotos ali da Av. Automóvel Clube. Ele ouviu falaire que andas às voltas com uma pepita de ouro, quer fazeire um teste com teu garoto.

— Tá falando sério, seu Aníbal?

— Não estou a brincaire, rapaz.

— E aí, como eu encontro esse Aguiar?

— Ele anotou o celular na capa dessa Playboy.

Ventania voou na pilha de revistas. Era a primeira vez que ele pegava uma Playboy sem estar interessado em ver uma xoxota. Tentou anotar o número na mão, mas como suava muito, não conseguiu. Puxou um pedaço de papel do bloco que seu Aníbal usava para limpar a lâmina da navalha.

— Que beleza, seu Aníbal, que beleza! Olha, se tudo der certo, daqui a pouco eu vou poder tirar a limpo essa história dos salários. — Ventania saiu às pressas do estabelecimento.

Na data e hora combinadas, Ventania estava no campinho de grama sintética sobre o leito da extinta linha auxiliar, próxima à finada estação de trem do Engenho da Rainha. Dali se avista boa parte do morro do Juramento. Andando uns poucos metros à frente, aqueles de visão acurada poderão apreciar lá bem longe a ponta do Pão de Açúcar. Poucos turistas sabem disso. Mas ninguém está ali para admirar o cartão postal carioca. Ventania trazia Glanderson a tiracolo, o garoto num misto de excitação, apreensão e ansiedade.

Era a primeira vez que ia se pôr à prova. Imaginava que teria a atenção exclusiva do olheiro Aguiar, sofreu um baque ao se deparar com a multidão de meninos entre doze e dezessete anos que se acotovelavam próximo ao alambrado. Alguns acompanhados da mãe, outros do pai ou tio, vários estavam ali por conta própria. Garotos tímidos ou extrovertidos, altos ou baixos, pretos ou mulatos, calouros em testes como Glanderson ou veteranos em peneiras como tantos outros, todos depositando a esperança de uma vida melhor para eles mesmos e toda sua linhagem.

— Seu Ventania, sabe se aí tem um banheiro? Tô apertado.

— Não me diga que tu tá se borrando nas calças!

— Que isso! Só quero tirar uma água do joelho.

— Atravessa a estrada e se alivia atrás daquela birosca. Não deixa ninguém te ver mijando, podem achar que você já amarelou.

Glanderson volta do reservado, a mancha escura e redonda no calção denunciando o que ele foi fazer ali atrás do tapume. Melhor, denunciando que não chegara a tempo. Ventania escarrou no chão, irritado.

— Tá nervoso, né? Olha, se não estiver preparado, fala logo pra gente não queimar cartucho à toa.

— Qualé, seu Ventania. Tô em ponto de bala. Vou botar esses pregos todos no bolso.

— Teu bolso tá furado, moleque. Teu preparo físico tá abaixo do ideal. A gente não completou o programa planejado. Precisava destratar aquela madame? Podia ter aguentado o desaforo e ficado mais uma semana treinando na aba do Giovanni da pizzaria.

— O senhor fala assim porque não foi com senhor que ela falou. Falou não, berrou, me humilhou. Nem posso mais passar naquela rua, tô marcado.

— Marcado tu vai estar quando entrar em campo — Ventania caiu em si. Não era o momento de estressar o moleque já frágil com as circunstâncias. — Bom, esquece isso. Não esquenta a cabeça. Respira fundo e relaxa.

Impossível respirar fundo e relaxar, o cheiro do esgoto a céu aberto não permitia. Era apenas uma figura de linguagem, embora ninguém ali soubesse o que era uma figura de linguagem. A multidão começou a se inquietar. Os olhares se voltaram para um táxi em que um senhor magro, de ralos cabelos grisalhos, pagava a corrida, um cigarro apagado pendendo dos lábios. O táxi disparou. O homem acendeu o cigarro observando a multidão que o fitava, antes de atravessar a estrada com uma corridinha para não ser atropelado pelo Castelo-Acari que vinha em boa velocidade. Não havia dúvida. Era o Aguiar.

Ventania se adiantou para receber a atenção do homem.

— Aguiar? Prazer, Ventania.

Ele fitou-o antes de se dignar a estender a mão. Foi lacônico.

— Me falaram de você. Trouxe o menino?

— Claro! Tá ali na fila.

— Chama ele.

— Glanderson! Glanderson! Chega aqui.

— Cheguei. O que é que manda?

— O Aguiar quer te conhecer.

Aguiar não precisava de intermediários. Foi direto ao assunto. A multidão estava inquieta, mas ele tinha o domínio da situação.

— Shhhh! Silêncio aí, porra! — A turba se acalmou, obediente. Ninguém ali queria desagradá-lo. — Então, moleque, quer ser boleiro?

— Quero sim senhor.

— Acha que leva jeito? — perguntou enquanto o observava, como se seus olhos fossem uma daquelas máquinas de revistar bagagem em aeroporto. Glanderson podia jurar que ele seria capaz de descobrir até o estado de seu pulmão. Franziu discretamente a sobrancelha ao olhar seus pés calçando havaianas.

— Mais ou menos — respondeu retraindo instintivamente o pé direito. Tentava esconder a falta de dedos na sola do chinelo. Não conseguiu.

— Se é mais ou menos, tá fora. Tô procurando cracaço.

— Não, quer dizer, eu sou bola, sou bola, pode levar fé — corrigiu o candidato.

— Melhorou. Tem que ter atitude, confiança. Isso aqui é sua primeira final de campeonato, e eu tô aqui pra ver quem chama pra si a responsa, pegou?

— Peguei.

— Espera aí no canto que a sua vez vai chegar.

Aguiar se afastou. Sumiu no modesto vestiário. O tumulto recomeçou. Glanderson tremia.

— Fica frio, garoto — Ventania procurou apoiá-lo.

— Será que ele viu os dedos do meu pé?

— Todos, não. Deve ter visto uns oito, no máximo. — Glanderson olhou para o chão e conferiu: continuava faltando dois. — Não bota minhoca na cabeça agora, não. Teu pé é esse mesmo, é com ele que tu vai fazer o teste. Não é hora pra pessimismo. Se você for bem, já está com o pé no Vasco, com ou sem dedo.

Aguiar reapareceu com uma bola debaixo do braço, um apito pendurado no peito e outro cigarro no canto da boca. Parou no meio de campo e observou a fila. Pousou a bola no centro do terreno e chamou dez meninos ao acaso. Perguntou se tinha algum candidato a goleiro. Surgiram uns oito. Escolheu dois e mandou um para cada baliza.

Juntou os dez quem-sabe-futuros-jogadores para explicar que teriam dez minutos para mostrar o que sabiam, entrada violenta é rua. Separou-os em dois times, desejou boa sorte, sentou-se na beira do gramado, isolado de todos e apitou. Começava a luta por uma vida melhor.

Esse é um dos vestibulares mais disputados do país. Não exige segundo grau completo — aliás, nem primeiro. Não é regulamentado pelo Ministério da Educação, ninguém sabe ao certo quantos são os candidatos, muito menos a quantas vagas estão concorrendo. Mas sabem que quem não correr o campo todo, não fizer bonito com a bola no pé, está fora. O tempo é curto, o jogo é nervoso, todo mundo quer fazer uma firula para chamar a atenção de Aguiar. Ventania dava as últimas instruções a Glanderson antes que ele fosse convocado pelo olheiro.

— Repara só, Glanderson, ninguém passa a bola, todo mundo se afunila no meio de campo querendo resolver a parada sozinho. Tu vai entrar e vai fazer diferente. Tem que driblar, claro, mostrar que sabe matar bem uma bola. Mas tem que soltar a bola, fazer lançamentos de longas distâncias e só arriscar um chute de efeito se tiver certeza de que vai acertar o gol. Lembra que essa é sua carta na manga, mas é tudo ou nada, se tu joga essa bola no alto do alambrado, pede pra cagar e sai, que não vai arrumar vaga nem de roupeiro, entendeu?

— Pode deixar, seu Ventania, pode deixar que eu sei o que tenho que fazer — o garoto só tirava os olhos do campo para observar as reações de Aguiar. Cada vez que ele balançava a cabeça, era um concorrente a menos na parada.

Aguiar apita, para o jogo e tira um infeliz. O garoto sai de campo chorando, o pai pede mais uma chance para o filho. Aguiar está surdo, olha na direção de Glanderson e faz o esperado sinal. Glanderson tira as havaianas, se benze e entra em campo. Ventania prende a respiração. O jogo recomeça. Ninguém toca para ele, apesar de se movimentar bastante, mostrando disposição. Até que uma bola sobra na intermediária. Preparou-se para lançar na ponta. Foi desarmado. Queimou um cartucho. Ventania abaixa a cabeça.

Perder uma bola durante um jogo como aquele é como perder um ônibus na madrugada: nunca se sabe quando pode aparecer outro. E Glanderson não queria ficar a pé. Mais confiante, narra a jogada.

— Ele briga pela posse da bola e recupera. Avança, se livra do primeiro marcador...

Ventania ficou apreensivo, o garoto não podia prender muito a bola, é o caminho certo para tomar uma porrada. Parecendo ter lido o pensamento de seu instrutor, levantou a cabeça e viu um menino se deslocando em velocidade no ataque.

— Glanderson lança em profundidade...

A esfera de couro parece ter perdido o rumo, o atacante chega a reduzir o pique, dois zagueiros se posicionam para matar a jogada, mas um efeito surpreendente muda a trajetória da bola.

— ...Ela quica limpa na frente do seu companheiro que fica cara a cara com o goleiro, ele domina, aponta, atira... e é gol! Goooool!

A molecada comemora, Ventania valoriza: "Puta que o pariu! Golaço!" É o próprio narrador quem comenta.

— Numa jogada muito bem tramada por Glanderson, a defesa parou, seu companheiro acreditou e não teve trabalho para empurrar a redonda para o fundo da rede.

Mas Aguiar se mantém frio, aponta para o meio de campo e manda recomeçar o jogo, que fica mais disputado. A equipe adversária está nervosa, o goleiro arrasado. Aguiar deixa a pelada rolar por mais cinco minutos e segura a bola. Substitui o goleiro, o menino sai chorando na direção dos espectadores. Um adulto grita em sua defesa.

— Ô Aguiar, dá mais uma chance ao menino, ele não teve culpa, o zagueiro é que tava mal posicionado.

— Mal posicionado o cacete! — responde outra voz — O pessoal do meio é que não acompanhou a entrada do atacante.

— Não bota a culpa no meio de campo não, meu garoto tá levando esse time sozinho nas costas.

Protestos generalizados, cada pai, tio, padrinho defendendo o seu. Ventania assistia a tudo, tranquilo, de camarote. Até que vê Aguiar chamar Glanderson e o artilheiro.

Ele aponta para a lateral, os dois saem, Ventania se assusta e corre até o olheiro.

— Que foi que houve, Aguiar? Vai tirar os meninos por quê?

— Esses eu já vi, quero observar os outros pra depois botar em campo só os que foram bem nessa primeira partida. Aliás, vai lá dentro e pega uma chuteira emprestada pro seu garoto, tô ficando agoniado de olhar pro pé dele.

Ventania corre até o pequeno armário do vestiário, onde tem uma pilha de chuteiras velhas, algumas bastante enlameadas, outras sem cadarço, a maioria sem seu par por perto. Ele escolhe duas bem-surradas, mais ou menos do tamanho do pé de Glanderson.

— Calça isso aí — joga as chuteiras em cima do garoto.

— Ué, cadê a minha havaiana? A gente não vai embora?

— Que embora, mané! Calça isso que daqui a pouco ele vai chamar vocês de novo.

Glanderson e seu companheiro de ataque se animam com a notícia. Ele desliza seu pé direito para dentro do calçado, sente que está folgado, amarra bem apertado mas continua sobrando espaço na ponta, bem onde deveriam estar os dedos que não tem. Aguiar interrompe o jogo a cada cinco, seis minutos para trocar jogadores, uns ele manda aguardar ao lado de Glanderson, outros são dispensados imediatamente. Os eleitos sorriem, trocam confidências, definem posições, combinam jogadas. Os descartados saem cabisbaixos ou sob protestos, dependendo da reação do responsável. "Por favor, por favor, seu Aguiar! Ele nem tocou na bola, deixa ele mostrar o que sabe..."; "Filha da puta, vendido! Isso é jogo de cartas marcadas"; "Posso voltar amanhã, seu Aguiar?"; "Meu moleque não tá aqui pra ser humilhado não! Vambora, filho, tu não vai ficar disputando vaga com essa cambada de cabeça de bagre!" Encerrada a fase eliminatória. Aguiar reúne os remanescentes, aqueles que quer observar melhor. O grupo no alambrado agora é menor, mais comportado. Todos sabem que a palavra daquele homem pode mudar um destino, pode ser o primeiro passo para definir o futuro de um moleque e de sua família. Basta sua cabeça balançar afirmativamente e o pai daquele garoto pode seguir desempregado, enchendo a caveira e jogando sinuca na birosca. Seu filho um dia vai parar seu carrão e arrastá-lo até uma casa digna, onde ele vai poder vomitar num belo banheiro, sem que a esposa o achincalhe, o chame de imprestável. Não será mais um inútil, o sujeito que põe um jogador de futebol no mundo está em dia com suas obrigações, não precisa fazer mais nada, está com seu boi na sombra.

Mas até que isso aconteça, muita água precisa rolar sob a ponte. A começar pelo teste.

Aguiar posiciona os candidatos, pede tranquilidade a eles e que joguem limpo, garante que quem der carrinho por trás, fizer falta feia ou gol contra pode sair sem se despedir.

"Quando eu apontar pro portão pode me xingar à vontade. Aproveita pra soltar os bichos porque a gente nunca mais vai se ver", avisa o olheiro já escolado com a decepção de quem é cortado.

Aguiar apita o início da peleja decisiva da tarde. Todos estão apreensivos. Ventania presta atenção no andar de Glanderson, ele não se sente confortável com a chuteira. Na primeira bola que recebe se atrapalha. Uma nova tentativa e também não domina. Pouco depois, sua defesa rifa a bola para frente, ele consegue matar no meio de campo, gira e procura quem está no ataque, vê o garoto que fez o gol no outro jogo e tenta o lançamento. A bola sai fraca, torta, não só não alcança seu companheiro como ainda sobra fácil para a defesa armar o contra-ataque. Gol dos caras, culpa de Glanderson. Ele olha para o pé direito que dança dentro da chuteira. Não dá para substituir, nem a chuteira, nem o pé. Aguiar substitui Glanderson. Ele se aproxima de Ventania cabisbaixo.

Não vão embora, Ventania quer trocar umas palavras com Aguiar para não fechar as portas a uma nova chance.

Glanderson está arrasado, tira os calçados, fica olhando para seu pé defeituoso.

— Que merda de vida! Precisava ficar sem dois dedos no pé? Podia não ter dois dentes, não ter uma orelha, talvez as duas. Até dedo na mão pode faltar que dá pra chegar a presidente. Mas com esse pé...

— Tranquilidade, Glanderson. Perdemos uma batalha, não a guerra. E não fala mal do teu pé que ele ainda vai dar pé, tu vai ver.

Fim de jogo. Ventania aproveita o momento de dispersão e, junto com outros descontentes, cerca Aguiar, que não se abala com a pressão. Sua voz é mais forte, chama a atenção do avaliador.

— Que é que houve com o meu garoto, Aguiar? Ele estava indo bem, o problema foi a chuteira.

— Então, isso mesmo. Chuteira não pode ser problema, tem que ser solução. O menino é bom, deu pra ver, mas não tá habituado a jogar calçado, coisa de peladeiro, eu entendo. Tem muito craque nesses campinhos de subúrbio na mesma situação, não posso fazer nada. Já viu alguém jogando descalço no gramado do Maracanã? Se o garoto não sabe jogar equipado, tem que partir pro *beach soccer*. O que não dá é todo mundo de terno e gravata, enquanto teu menino vem de blusa florida. Não dá certo.

Aguiar sai conversando com o garoto atacante, que era realmente bom, meteu dois gols, virou o jogo e garantiu seu lugar entre os eleitos do olheiro. O menino estava radiante.

38:10

Glanderson passou dois dias sem sair de casa, revoltado com seu pé. Não se conformava com o corte por falta de dois dedos. O que fazer, enxertar dois dedos? Como? Com que dinheiro? Perguntas sem resposta. Ele remexeu um baú com fotos e papeladas antigas até encontrar o laudo feito por ortopedista na ocasião do acidente: "Grave lesão por esmagamento nos quarto e quinto pododáctilos, atingindo as falanges proximal, média e distal." Glanderson não entendeu nada, mas chorou. Uma lágrima pingou no papel enquanto lembrava a fatídica consulta, em que o médico tentava manter o otimismo: "Tenho uma boa notícia pra você, garoto. Você não vai poder servir o exército." Glanderson estava muito novo para ver vantagem naquilo. Quando perguntou sobre a possibilidade de voltar a jogar futebol, o médico respondeu: "Olha, garoto, o que você acha de brincar de vôlei? Sem esses dedos, você vai ficar mais leve pra saltar..."

— O que é que houve, meu filho? — estranhou a avó ao ver o garoto dentro de casa.

— Nada, vó.

— Já sei: brigou com algum daqueles moleques. É um bando de marginais mesmo, eu já te falei pra se afastar desses maus elementos.

— Não briguei com ninguém, não, vó. Tá tudo bem. — Ele tenta desconversar.

— Você não me engana, meu filho. Você anda muito borocoxô ultimamente. Aquela cambada de marginais deve ter aprontado alguma pra você.

— Não, vó. Quem aprontou foi ele — apontou na direção do pé.

— Quem? O vizinho de baixo? Esse sujeito não tem moral pra reclamar de nada. Quando chega bêbado e dana de espancar a mulher, ninguém consegue dormir nessa rua.

— Não tô falando do vizinho, vó. Tô falando dele, do meu pé.

— Ah não — ela perde a paciência. — Vai reclamar do seu pé de novo? Ele não teve culpa se você foi brincar naquela obra quando era pequeno. Você devia agradecer de estar vivo, aquele tijolo podia ter esmagado a sua cabeça.

— Acho que ia ser melhor. Assim eu não ia tá sofrendo agora.

— Por São Judas Tadeu, não me fale uma coisa dessas, menino! — Ela se benze e beija a imagem do santo de sua devoção. — Se você morresse, eu ia junto. E quanta roupa não ia ficar suja nesse mundo, né? Tudo isso por causa de dois dedinhos do pé? Para com isso, garoto! — Dona Conceição tenta tirar o neto daquela onda de baixo astral. — Guarda essa bagulhada velha e vai pra rua brincar um pouco para esquecer, vai.

— Tô sem vontade, vó. Descobri que não vou poder ser jogador de futebol com esse pé.

— Deixa de bobagem, menino! Profissão é o que não falta nesse mundo. Motoboy, pedreiro, gari... E essa história de jogador de futebol, eu já falei o que eu acho disso. Isso é um tremendo chamariz de sirigaita aproveitadora. Por mim você já tinha desistido dessa ideia.

— Ah, vó! Não enche! — respondeu irritado e bateu a porta do quarto.

— Não faz isso, Glanderson! Abre essa porta! Deixa de ser malcriado garoto, abre isso, anda!

Inútil insistir. O garoto se fez de surdo e não atendeu aos apelos da velha. A campainha do pequeno apartamento soou. Dona Conceição foi até a porta principal. Era Ventania que chegava com um embrulho debaixo do braço.

— Como tem passado, dona Conceição?

— Mal, muito mal. Graças a você que meteu na cabeça desse infeliz que ele podia ser jogador.

— Podia, não. Pode. A senhora ainda vai ver. Cadê ele?

— Tá trancado no quarto, com um mau humor dos diabos.

Ele bate na porta.

— Glanderson! Abre essa porta, sou eu.

— Que é que o senhor quer? Minha carreira acabou — gritou ele lá de dentro.

— Como acabou, se nem começou? Abre isso, vamos conversar de homem pra homem.

— De homem pra aleijado, o senhor quer dizer.

— Deixa de manha, moleque. Abre logo isso.

Passados alguns minutos em silêncio, a porta se abriu. Glanderson tinha os olhos vermelhos e o teto baixo.

— Segura isso, garoto — Ventania não esperou o garoto sair daquele estado letárgico e jogou o embrulho sobre seu peito.

— Que isso? — espantou-se Glanderson.

— Abre e vê, ué — respondeu tranquilo.

Ele desfaz o embrulho e encontra um par de chuteiras usadas, porém limpas, engraxadas, como se fossem novas.

— Chuteira? Pra que eu vou querer esse troço?

— Olha direitinho, garoto.

Glanderson não havia prestado atenção. O pé esquerdo era como o de qualquer par de chuteiras, mas o direito era bem esquisito. Era recortado na ponta e recosturado, formando um desenho bizarro. O desenho de um pé sem os dedos mindinho e seu vizinho.

— Essa é tua. Sob medida. Falei com o sapateiro da tua situação. Ele tinha um par de chuteiras largado por lá e aceitou a encomenda. Vê se ficou bom.

Glanderson desliza o pé para dentro da chuteira personalizada, que entra justo, como uma luva. Um sorriso se abre na cara do moleque, que abraça Ventania como se fosse um pai.

39:20

Desde que ganhou o par de chuteiras customizadas, Glanderson deixou de andar descalço.

Praticamente só tirava as botinas para tomar banho, e preferiu reduzir o número de chuveiradas para evitar se afastar do precioso bem. Chegou até a dormir calçado, acordando furioso quando sua avó tentou sacá-las. Seguia ao pé da letra o conselho de Ventania de que deveria amaciar as chuteiras, usar o máximo possível para que ela fizesse parte de sua anatomia. Só assim jogaria despreocupado com o que tem nos pés. A rapaziada estranhou o formato esquisito.

— Que porra é essa, Glanderson? — perguntou Chaveirinho apontando para o seu pé e rindo.

— Aí, mané, uma ratazana tirou um tasco da tua chuteira. Não tem resto de comida na tua casa, não? — gozou Piolho.

— Ih, não fode! Cês tão é com inveja — respondeu ele.

— Inveja do quê, do pé com defeito ou da chuteira aleijada? — gargalhou Zulu.

— Até você, Zulu?

— Leva a mal não, mas tu levantou, eu tive que cortar.

— Não precisa cortar não, Zulu. Olha aí, já cortaram antes de você — tinha gente chorando de tanto rir.

— Quero ver quem vai rir quando eu for contratado. Vai ter neguinho pedindo de joelhos pra dar uma volta no meu carrão — Glanderson desdenhava a encarnação.

Os amigos reclamavam toda vez que ele aparecia equipado nas peladas, as travas podiam machucar alguém que estivesse descalço, mas ele não estava nem aí para a chiadeira, queria era se acostumar com elas. Só então se sentiria apto a se pôr à prova novamente. E queria começar de onde parou, na peneira do Aguiar. Não se conformava de ter sido dispensado, tinha certeza de sua categoria, de que estava pronto para uma nova etapa da sua trajetória rumo à profissionalização, ao estrelato, ao reconhecimento do seu valor.

Sonhava em abrir o jornal Lance e ler numa coluna uma comparação do seu estilo com o de Ronaldinho Gaúcho ou o de Robinho.

Uma semana mais tarde ele voltou a procurar Ventania garantindo que estava perfeitamente adaptado ao pisante, ele podia marcar a hora que fosse para enfrentar o Aguiar ou quem quer que fosse. Seu conselheiro-empresário-treinador perguntou-lhe se era isso mesmo, se ele sabia o que estava fazendo, não teria outra chance com o homem.

Glanderson estava seguro, firme em seu propósito. Marcaram de voltar ao pequeno centro de treinamento da Av. Automóvel Clube na manhã seguinte.

A multidão que se aglomerava na entrada do campo não chegou a causar estranheza, a primeira vez que estiveram ali também havia muita gente. Entretanto, ao se aproximarem, viram que o tumulto dessa vez era maior, havia um camburão parado e vários policiais na cena. Será que um pai revoltado com a dispensa do filho resolveu quebrar tudo? Será que uma bala perdida do morro do Juramento fez uma vítima? Estavam curiosos, não havia a habitual fila de garotos e seus responsáveis, o portão principal estava protegido por guardas que impediam o acesso de qualquer um às instalações. Ventania foi apurar os fatos com um policial que fumava afastado da confusão.

— O que houve, seu guarda, algum problema?

— O que é que tu acha, que a gente veio aqui disputar vaga de boleiro? — respondeu o policial com cara de quem não estava disposto a prestar esclarecimento a curiosos.

— Que isso, autoridade, tô perguntando com todo o respeito. Só tô querendo saber se houve algum crime. Foi assalto?

— Não. Boquete.

— Como assim? — Ventania não entendeu.

— Isso mesmo que você ouviu. Recebemos uma denúncia de que esse lugar era um antro de perdição, viemos investigar e pegamos o vagabundo em flagrante delito. O "pederastra" tava com a boca na botija. E o que é pior, a botija era de menor.

— Peraí, seu guarda, então o senhor tá dizendo que... — Os dois recém-chegados estavam atônitos com a notícia.

— Tô dizendo que esse tal Aguiar era um proxeneta desavergonhado. Jogava um papo de arrumar vaga de jogador pros meninos, mas a vaga oferecida não era em clube nenhum e sim na própria rabiola.

Ventania não conseguia raciocinar, Glanderson estava assustado com a situação. Eles avançaram no meio da multidão, tentando se aproximar do portão.

— É isso mesmo? O Aguiar, boiola? — o garoto perguntou com os olhos esbugalhados.

— Não é possível, aquele guardinha tá de sacanagem com a gente. Eu não acredito que um homem daquele fosse capaz disso.

— Ih, parece que não é o guardinha que tava de sacanagem, não. Olha ali!

Eles viram sair do vestiário dois policiais e um garoto que tinha uma camiseta cobrindo o rosto para não ser identificado. Estava acompanhado de uma senhora que parecia ser sua mãe, ela chorava. Fotógrafos de jornais populares dispararam suas câmeras, o menino e a senhora foram prontamente instalados no banco do camburão.

Em seguida, surgiu Aguiar, evitando os flashes escondendo o rosto com as mãos algemadas. A multidão começou a gritar "Viado! Viado!", "Lincha, lincha!". O povo foi contido pelos policiais, que abriram caminho para que Aguiar alcançasse a caçapa da viatura. Imediatamente ligaram o motor e partiram. Alguns pais revoltados ficaram por ali xingando o outrora incensado olheiro. Não se conformavam em terem sido engambelados pelo picareta.

— Como é que não desconfiei de nada?

— Na verdade eu achei estranho quando vi ele aprovar aquele garotão que jogou de zagueiro, um mulato forte, grosso feito a peste.

— Tamos vendo que ele sempre aprovou um grosso.

— Aprovava com força. Velho safado!

Glanderson estava em estado de choque. Calado, andava olhando para o chão, carregando na sacola do supermercado Mundial seu par de chuteiras, suas preciosidades. Ventania tentava consolá-lo, dando tapinhas nas costas, dizendo-lhe para não esquentar com isso, era a coisa mais comum no futebol, no fundo foi bom ter acontecido logo para que ele abrisse os olhos.

— Se bem que abrir os olhos nessas circunstâncias não é o melhor conselho — disse tentando cortar o clima pesado. Não conseguiu.

O rapaz não sabia o que era pior: não ter uma chance de mostrar seu talento ou ter de aturar as centenas de piadinhas assim que os amigos tomassem conhecimento do ocorrido. O empresário e preparador dispensou seu atleta. Ia procurar outras peneiras para inscrevê-lo. Chamaria quando tivesse uma boa notícia.

40:21

Seu Uranos deixou recado para Ventania na barbearia do Aníbal. Precisava falar com ele com certa urgência. Ventania recebeu a mensagem na manhã de uma quinta-feira e correu até a sede da Viação. Depois do fatídico aniversário do menino mauricinho, não queria deixar outro furo. Seu Uranos não estava, mandaram que voltasse no dia seguinte.

Encontrou o ex-patrão amuado em seu escritório.

— Ô seu Uranos, nem sei como ainda tenho coragem de encarar o senhor. A festa do seu garoto foi um horror e a culpa foi toda minha.

— Não esquenta não, Ventania. Minha mulher é que criou caso à toa. Aquele garoto é muito mimado. Pra mim tudo aquilo são águas passadas.

— Então o que é que manda, chefia? — Abriu um sorriso aliviado, mas não foi correspondido.

— Eu não mando nada, Ventania, só peço, e às vezes peço de joelhos.

— Que é isso, doutor, que letra é essa tão pra baixo? Parece até bolero do Lupiscínio.

— É assim que eu tenho me sentido, Ventania.

— Para com isso, seu Uranos. Estive aqui ontem de manhã, mas o senhor não estava. Enforcando trabalho? A chefia não é disso...

— Que enforcando que nada, rapaz! Sequestro relâmpago.

— Não brinca! O pessoal não me falou nada.

— Ninguém tava sabendo. Mas também não foi nada demais. Na verdade, é um acordo com o pessoal do tráfico.

— Como assim? Que acordo é esse, doutor?

— Cansei de ter meus ônibus assaltados toda vez que o movimento precisa fazer caixa pra comprar arma. Aí eu resolvi fazer um trato. Eles me sequestram, eu pago e eles me liberam. Depois o seguro cobre o achaque. Tem sido assim toda última quinta-feira do mês. É chato, mas fazer o quê? Falar com a polícia? Acaba saindo mais caro pra mim.

— É, pensando assim, até que faz sentido.

— E eu nem sou maltratado. Os caras me pegam aqui na portaria quando eu tô chegando e ainda me devolvem ali na esquina. Assim não tem tiroteio, passageiro ferido, notícia na imprensa... Você sabe como esse povo é cagão, basta uma notinha nos jornais e ninguém mais pega coletivo daquela linha.

— O senhor é um homem muito prático.

— Tem que ser, né? Só não consigo negociar com a minha mulher. Aquilo sim é jogo duro.

Ventania sentiu que ele queria mudar o rumo daquela prosa e embarcou.

— Que foi dessa vez? Não me diga que ela tá querendo armar um outro joguinho — referia-se ao famigerado aniversário do enteado.

— Vamos passar uma borracha naquele desastre, companheiro. Tô precisando da sua força para outra situação.

— Se estiver ao meu alcance.

— O caso é o seguinte: o Gabriel, meu enteado, botou na cabeça que quer ser jogador de futebol.

— O Gabriel, jogador? — Ventania espantou-se. — Pensei que o negócio dele fosse surfe.

— Eu também. Mas ultimamente encasquetou com isso. O pior é que eu acho que ele não leva o menor jeito. Mas vai falar isso lá em casa! O negócio é esse. Eu queria que você me indicasse uma escolinha aqui pelo subúrbio. Pode ser em qualquer canto, não tem problema, o motorista leva o garoto.

— O quê? Chegando de motorista numa escolinha a malandragem não vai perdoar, vai direto no tornozelo.

— Quem sabe tomando umas porradas por aí o mauricinho não muda de ideia.

— Bom, se é isso que o senhor quer... — Ventania continuava desconfiado da proposta.

— Pode começar a procurar. Me dê notícias quando achar alguma coisa.

— Deixa comigo, patrão.

Ventania saiu do escritório já pensando em dois ou três lugares que pudesse sugerir.

41:50

Ventania tinha agora dois problemas a resolver. Esquentava sua careca tentando encontrar um clube onde testar seu pupilo, ao mesmo tempo em que buscava uma escolinha para o enteado mauricinho do seu Uranos. A segunda gincana seria mais fácil solucionar. Bastava um clube com fins recreativos para encaixar o Gabriel, que no fundo não tinha grandes aspirações. O padrasto se daria por satisfeito com um ambiente confiável, vestiários e uniformes limpos. Se fosse nas imediações de Jacarepaguá, melhor, a gasolina não seria tanta para quem sai da Barra da Tijuca.

Já o caso de Glanderson era mais sério, precisava acreditar numa perspectiva de desdobramento profissional, não apenas uma brincadeira para quem deseja ocupar a tarde. O garoto estava ficando desesperançoso, dentro em breve começaria a procurar emprego para aliviar o reumatismo da avó. Seria o fim de uma carreira que sequer começou. Uma não, duas — a dele também estava em risco. E a última coisa que Ventania queria era uma ocupação estável e sem futuro.

Através da indicação de um amigo, conseguiu descobrir uma associação para os lados de Curicica com vagas abertas para pregos de classe média. Carga horária aceitável — três vezes por semana, com direito a preparação física, coletivos, torneios internos e excursões pelo estado do Rio, com lanche pago por fora do pacote. Ventania passou o contato para seu Uranos. Este enviou um funcionário para checar as condições do local, a frequência e a vizinhança. Tudo de acordo, Gabriel começaria na semana seguinte, o que deu a Ventania um belo crédito junto a seu Uranos.

Para Glanderson, Ventania reservou uma peregrinação nos pequenos clubes da capital carioca, a começar por Bonsucesso, Olaria, Campo Grande e Portuguesa. Em todos eles havia olheiros e gaviões à cata de novos valores que pudessem ser exportados para o Oriente Médio, Vietnã, Indonésia, Uzbequistão e outros países de nomes impronunciáveis. As respostas foram desanimadoras. Em alguns deles, o garoto saiu-se bem no teste, mas faltava uma peixada, um contato na diretoria para efetivá-lo. Em outros, foi vetado pelo departamento médico antes mesmo de calçar a exótica chuteira.

Culpa do pé aleijão. Pesava também contra o rapaz seus dezessete anos. Muitos não estavam dispostos a investir num jogador tão idoso. Preferiam apostar num menino de treze a quinze anos no máximo, alguém com chances de ser convocado para uma seleção sub-17, o que valorizaria o passe para uma negociação com um clube do exterior.

Descartados os clubes da cidade, Ventania contraiu uma pequena dívida com amigos, no topo da lista o barbeiro Aníbal, para tentar a sorte do rapaz no interior do estado.

Glanderson fez testes, preencheu fichas, conheceu cartolas, assistiu a treinos, ouviu promessas. Nada.

42:40

Ventania estava ficando cansado. Correr o estado de campo em campo, ouvindo negativas diretas ou nas entrelinhas, minava sua paciência. E suas explicações a Glanderson sobre o que estava acontecendo precisavam pegar três ônibus até chegar ao destinatário para evitar que o menino jogasse a toalha. O problema maior do rapaz eram os amigos. Cada vez que voltava ao campinho tinha de ter na ponta da língua uma desculpa esfarrapada para o insucesso. E nunca colava: caíam na sua pele, zombavam dele do início ao fim da pelada. Ele se fazia de surdo enquanto as ofensas eram suportáveis. Pior era quando insinuavam semelhança entre Ventania e o pederasta Aguiar. Saiu no tapa com Cabeção quando, ao retornar de Itaperuna de mãos vazias, o gozador lhe perguntou como fora a lua de mel. Era sujeito homem, não podia deixar passar esse tipo de insinuação. O próprio Ventania quando soube das gracinhas pensou em aparecer no campinho para dar uns cascudos em Cabeção, do que foi demovido pelo barbeiro Aníbal. Qualquer reação extrema poderia ser interpretada como declaração de culpa no cartório.

Relaxar, esquecer os problemas, era o que Ventania precisava. E sua maneira garantida de esfriar a cabeça era expandindo a pança com alguns litros de chope bem tirado, com dois dedos de colarinho, enquanto se aprecia a cadência de belas bundas durante um ensaio da Acadêmicos de Vicente de Carvalho. A capacidade da natureza de produzir em quantidade aquelas esculturas perfeitas em tamanho, formato e calibragem ideais intrigava Ventania. Independia de condições favoráveis, fossem elas genéticas ou ambientais, nada tinha a ver com renda, nível sociocultural ou mesmo local de armazenagem. Pelo contrário, há quem garanta que as melhores bundas são encontradas em barracos precários, localizados no alto dos morros cariocas, o que as obrigam a um exercício diário, o sobe e desce das ladeiras íngremes e esburacadas acaba por moldar as formas calipígias mais saborosas do planeta. Ventania invejava quem tinha o privilégio de dispor de uma companheira com tal atributo, o dia que tivesse uma coisa dessas dentro de casa, jurava que vendia até a televisão. Quem perderia seu tempo com outra programação podendo dar audiência a uma bunda perfeita? Era o que passava pela reluzente careca quando uma voz familiar o despertou do transe.

— Não acredito!

Ele virou-se, encarou o sujeito que mantinha um sorriso congelado no meio de uma barba grisalha por tempo suficiente para que este se desse conta do engano. Não foi o que aconteceu.

— Qualé, bicho, não reconhece mais os amigos, ô Japonês?

Ventania levou um susto. Pouca gente se lembraria desse apelido.

Ventania ativou seu *hard disc*, procurando identificar o interlocutor pela voz, já que a aparência não lhe era familiar. Ele abriu o arquivo morto para pesquisar, enquanto um Photoshop mental remoçava aquele rosto, raspando-lhe a barba, preenchendo-lhe a calva.

— Berinjela? — perguntou desconfiado.

— Putz grila, até que enfim! Pensei que tinha me apagado da memória — os dois se abraçaram. — Mas pra me esquecer tu ia ter que apagar todas aquelas surubas do teu álbum de figurinhas!

— Tu mudou muito, rapaz! Essa barba grisalha, a careca...

— O tempo passou pra você também. Como naquele tempo você já brigava com a balança, eu logo vi que era você — o amigo apontava a pronunciada pança. — E aí, como anda a vida, Japonês?

— Ventania, Paulo Ventania, faz favor — retrucou. — Levei anos pra me livrar desse apelido, Berinjela.

— Tá bom. Como é que tu anda, Ventania? Tudo joia?

— Vamos indo, empurrando com a barriga... — respondeu sem muito ânimo.

— Pelo menos não é por falta de barriga.

— É, tô naquela base: não dá mais pra beijar e meter ao mesmo tempo.

— É, podes crer, tá barra, bicho.

— Putz grila, barra, bicho... Berinjela, tu tá precisando dar uma renovada no teu vocabulário.

— Vinte anos sem voltar ao Brasil. Minha mãezinha sempre me manda queijo minas e feijão, mas não dá pra velha despachar um malote com gírias novas, manjou?

— Você, pelo visto, está bem na foto, né? Até de dente novo!

— Porcelana francesa, legítima! — Bateu com a unha num dos caninos, orgulhoso. — É, não posso reclamar da vida. Tá certo, não sou nenhum marajá, mas continuo me virando direitinho. Pra quem deixou as quatro linhas há tanto tempo...

— O que é que tem feito, amigo?

— Bom, no momento tô de *baby sitter* de marmanjo. Tá vendo ali? — Berinjela apontou para uma mesa em que se destacava um gringo de meia idade bicando uma caipirinha. — Tu sabe que eu fiquei mesmo pela França, né?

— Pois é, nunca mais tive notícias suas.

— Me acertei por lá. Casei, tô morando numa cidadezinha pequena, fiz muitas amizades. Sempre pinta um trampo ou outro. Não dava pra voltar e viver de favor.

— E aquele lá é o sogrão?

— Nada! É um grande amigo meu. Há muito tempo queria conhecer o Brasil, me ofereci de cicerone, desde que bancasse a minha parte, claro. Tô aproveitando a bocada. Já fomos a Salvador, Natal e Manaus. Aí resolvi apresentar o samba pra ele. Mas não queria levar na Mangueira, no Salgueiro, esses lugares que já andam cheios de turistas, que já cobram caipirinha em dólar.

— Veio no ponto certo.

— Tenho meus informantes...

— Que faz o teu amigo?

— Mexe com negócio de vinho. Sabe como é francês, se não tem restaurante, tá no ramo do vinho. Mas é apaixonado por futebol. Inclusive é conselheiro de um clube pequeno por lá, o Le Mans. Já ouviu falar?

— Le Mans, Le Mans... Peraí, 24 horas de Le Mans! Isso é automobilismo, nada a ver com futebol.

— Falou e disse, a paixão da cidade dele é carro, mas tem uma meia dúzia de fanáticos por bola. O Jacques é um deles. Vamos lá que eu quero te apresentar a ele.

Ventania acompanhou Berinjela até a mesa. Estendeu a mão, enquanto seu amigo cochichou algo no ouvido do francês que soltou uma gargalhada.

— Ô Berinjela, tu não tá me chamando de Japonês pro teu amigo! Sacanagem, pô!

— Liga não, Ventania, mais duas caipirinhas e o Jacques não vai lembrar nem do próprio nome.

O francês parecia animado e não era preciso entender sua língua para notar o quanto estava apreciando a cadência das neguinhas e suas bundas esculturais.

— Fala pro seu amigo tomar cuidado com o olho comprido. Muitas dessas aí já têm dono — advertiu Ventania. — Se ele quiser, depois eu apresento uma moça, das que não são comprometidas com nenhum trafica.

Berinjela traduziu para Jacques que, a princípio, espantou-se e em seguida sorriu agradecido para Ventania. Parecia disposto a aceitar a oferta mais tarde, se a cana não o nocauteasse.

A informação de que Jacques era conselheiro de um clube de futebol francês estava bem registrada. Ventania se desdobrou em simpatia com o gringo, tentando estabelecer um diálogo através de seu intérprete. Aos poucos foi aproximando o assunto da prosa do seu campo de interesse. Falou de Maracanã, Pelé, Copa de 98, sustentou a tese de que algum queijo podre derrubou o Fenômeno. O francês contestou, embora admitindo que seu país não levaria vantagem em outras quinze finais como aquela. Até que Ventania conseguiu encaixar o texto:

— Pergunta aí pro teu amigo, Berinjela, se ele não gostaria de levar um reforço brasileiro pro time dele.

— Como assim? Virou empresário agora, é?

— A gente tem que jogar nas onze, né?

Berinjela traduziu a questão, o francês sorriu e respondeu.

— Ele tá dizendo que é o sonho de qualquer time. O problema é o preço — traduziu o intérprete.

Ventania viu a brecha na defesa. Pediu mais uma caipirinha e emendou:

— Não vamos falar de dinheiro, vamos falar de talento.

Berinjela percebeu que a conversa encaminhava para o mundo do "bízines".

— Explica isso melhor aí, bicho.

— O caso é o seguinte: tô representando um garoto show de bola. Cracaço. Dezessete anos. Tá cheio de urubu de olho no moleque e eu tô fazendo de tudo pra ele não dar um mal passo e fechar contrato com clube brasileiro que, hoje em dia, só tem arapuca. Tem até um pessoal da Espanha que telefonou, já falaram do menino lá, mas tenho medo de queimar ele.

Ventania fez uma pausa para que Berinjela traduzisse a conversa. O francês se interessou pelo assunto.

— Na França, o caso é diferente — continuou. — Não traduz tudo não, mas a verdade é que lá o garoto pode se criar. Aquilo lá é a terceira divisão do primeiro mundo, né?

— Já foi, Ventania, já foi, os caras não são mais tão bobos assim não.

— Bom, não importa. O fato é que o garoto é bom, um reforço que pode sair bem em conta pra esse Le Mans. Ele só não sabe dirigir...

Berinjela resumiu a história para o amigo, desviando dos pontos mais delicados. Este replicou.

— O cara tá curtindo o teu plá. Quer saber como é que a gente pode ver o garoto em ação.

— Só se for agora. Ele costuma bater uma peladinha com a molecada num campo aqui perto, quando eu passei eles estavam lá. A gente dá um pinote, jogo rápido.

Jacques concordou. Berinjela pediu a conta.

— Essa eu faço questão, vocês são meus convidados.

O garçom se aproximou com a notinha, Berinjela apalpa os bolsos.

— Rapaz, será que eu deixei a carteira no hotel?

— Esquece isso, meu amigo, deixa que eu resolvo.

— Aí, seu Ventania, o patrão não tá mais aceitando fiado — interferiu o garçom.

— Agora você me lascou. Vai queimar meu filme na frente do gringo?

— Não é por mim, seu Ventania, o senhor sabe...

— Quebra essa, Juvenal, depois a gente se acerta.

Da beira do surrado gramado sintético, Ventania logo avista Glanderson e sua chuteira heterodoxa.

— Meu pupilo é aquele ali, ó — aponta, dando cotoveladas nas costelas de Berinjela.

— É, o garoto tem ginga — referindo-se ao seu jeito de andar. — Vamos ver o que ele sabe fazer com a bola.

— Um pouco de paciência e ele não vai decepcionar — Ventania vende seu peixe e reza para que o moleque faça alguma coisa.

Deu sorte. O garoto tem um bom momento. Bota entre as canetas de um adversário, um rapaz duas vezes o seu tamanho, e acerta um chute de efeito que raspa o travessão.

— Não tô dizendo? O menino é um monstro! — empolga-se Ventania. Berinjela concorda. — O que é que o francês achou disso?

Mas Jacques não pôde achar nada. A caipirinha bateu, ele cochilava em pé. Berinjela o sacode, ele ressuscita sorridente.

— Très bien! Très bien! — E volta a revirar os olhos.

Berinjela ainda vê alguns outros lances, o suficiente para notar que Glanderson leva jeito.

— É. Não chega a ser um Robinho — afirma ele —, mas sem dúvida que o garoto tem noção de bola.

— Então, que é que tu acha, Berinjela? Tem jogo? — Ventania grita para o campo: — Glanderson, chega aqui!

— Sei não, Ventania, pode ser, pode não ser, depende, né? — tenta desconversar, sair pela tangente.

— Que foi, seu Ventania? — O rapaz se aproxima suado e ofegante.

— Esse aqui é o Berinjela, grande amigo meu.

— Chuchu beleza, Glanderson? — O garoto não soube o que responder.

— A gente jogou junto no Bangu — continuou ele.

— Junto, uma ova! Eu jogava, tu ficava no banco, quando ficava — corrigiu ele.

— Não precisa esculachar, Berinjela. Ele trouxe um amigo lá da França pra ver o seu futebol. É o doutor Jacques.

Glanderson educadamente fez menção de cumprimentar o estrangeiro, mas este voltara a cochilar, estava até babando um pouco.

— Eles estão querendo levar um craque pra França e você é candidato.

— Sério? — O sorriso do moleque foi de uma orelha a outra.

— Que isso, Ventania, não ilude o menino!

— Quer dizer, tão só sondando, entendeu?

— Claro! Tá legal! França, né? Que maneiro, que maneiro!

— Vai lá bater sua bolinha, Glanderson. Se pintar alguma coisa mais firme, você vai ser o primeiro a saber — Ventania despachou-o com tapinhas nas costas empapadas de suor.

— Falou! Valeu! Tchau, seu Berinjela! Tchau, doutor! — Ele voltou para o campo saltitante.

— Como é que tu fala uma coisa dessas pro moleque, Japonês? O garoto saiu daqui dando tudo como certo.

— Você mesmo falou que tem chance. E, olha, Japonês é o caralho!

— É, eu sei — Berinjela rebateu, gozador. — Falando sério, a minha opinião não vale grandes coisas e o Jacques, como você tá vendo, não tá em condições de decidir nada. Mas amanhã, quando ele acordar, vou levar um papo com ele. Aí te bato um fio.

— Liga pra esse número, deixa recado com o seu Aníbal que eu te retorno — entrega-lhe um papel com o número.

— Joia. Agora me ajuda a carregar esse armário até o carro.

Eles foram se afastando do campo em direção ao carro alugado pela dupla. Os dois amigos arrastavam o francês desacordado. Bastaria passar uma joaninha por ali e os dois crioulos levariam horas explicando na delegacia que não se tratava de um "boa noite, Cinderela".

43:25

— Que cara é essa, Glanderson?

— Vou ser franco com o senhor, seu Ventania. Tô de saco cheio de tanto caô.

— Calma, menino, devagar com o andor. Não é hora de chutar o pau da barraca. As coisas tão indo muito bem.

— Muito bem pra quem? Minha vida não vai pra frente, é só bola pro lado.

— E quem te falou que ia ser moleza? Eu avisei que meu plano era de longo prazo, tamos de olho na Copa de 2014, ainda tem muito tempo. Tá reclamando de barriga cheia, garoto. Tu já tá com um pé no avião. Já parou pra pensar que daqui a pouco tá embarcando pra jogar na França?

— Tá bom, França... Não consegui vaga nem no Bonsucesso que fica ao lado da praça Paris...

— Quer saber? Ainda bem! Podia estar aí num come e dorme desses, acomodado, condenado a uma carreira medíocre. Nossa história é outra, tamos pensando grande, menino, pensando grande. Vamos fazer o seguinte: tá de bobeira? Então vem comigo até a barbearia do seu Aníbal, o Berinjela ficou de me telefonar pra acertar tudo, quero jogar limpo com você, combinar a parada na tua frente pra você levar fé que não é conversa fiada.

Ventania pôs a mão no ombro de Glanderson e puxou-o para a esquina. O garoto caminhava cabisbaixo, empolgação zero. Ventania era puro otimismo. Sua ex-mulher Jurema vinha na direção contrária, mas ele nem viu.

— Bom dia, né? — reclamou, indignada.

— Ô Jureminha, me perdoa, tava tão distraído que nem notei. Como anda o nosso Reizinho?

— O *meu* Reizinho? Vai indo como pode, se virando sem apoio do pai. Você acredita que o safado não comparece com um tostão tem mais de seis meses?

— Seis meses? Isso tudo? Não é possível, outro dia mesmo eu paguei um hambúrguer e uma Coca pra ele...

— Esse dia faz mais de mês, Paulo Ventania.

— Ih, não gosto quando você me chama por nome e sobrenome. Que é que tá pegando?

— Você tá ficando surdo? Tô te falando, tá faltando grana, dindim, cacau, tá entendendo?

Glanderson sentiu-se constrangido com o barraco, adiantou-se, foi aguardá-lo na barbearia.

— Por que você dá tanta atenção pro filho dos outros, Paulo? Vive grudado com esse neguinho pra baixo e pra cima. Deixa esse marmanjo se virar e trata de cuidar do seu!

— Calma aí, Jurema, meu negócio com o Glanderson é puramente profissional, você sabe disso. A hora que esse rapaz despontar, nós tamos todos feitos, eu, você, o Reizinho...

— Enquanto isso... Bom, eu fui chamada na secretaria da escola. A psicóloga queria conversar comigo.

— Psicóloga? Que novidade é essa? Aquela espelunca mal tem merenda.

— A filha da diretora estuda psicologia e está fazendo um estágio com as crianças da classe de alfabetização. Ela disse pra eu tomar cuidado com o Reizinho, é um menino sensível.

— Sensível? É por isso que eu não gosto de psicólogo.

— É muita ignorância, meu Deus! Ela me falou que ele tem um talento que precisa ser exercitado. Seria bom pra ele fazer alguma arte. Ao menos nisso você pode me ajudar?

— Eu? Como assim? Eu não manjo nada de arte, você sabe.

— Claro que sei. Queria que você me ajudasse colaborando com um qualquer, não é muita coisa. Tô querendo matricular ele numa escolinha de pintura que abriu na minha rua.

— Pintura, Jurema? Daquela idade? Perdeu o juízo? Vai desencaminhar o garoto. Isso é um passo pra boiolagem.

— Não acredito no que tô ouvindo!

— É isso mesmo. Eu não vou dar um tostão pra essa ideia de jerico. No meu tempo fazer arte era quebrar vidraça, botar fogo em rabo de gato, essas coisas...

— Realmente, não dá pra dialogar com você! Tudo bem, eu me viro sozinha!

— Bota esse garoto numa escolinha de futebol que eu dou a maior força.

— Ah, é! Pra levar o garoto pro buraco você logo estende a mão. Deixa estar, seu Paulo Ventania, deixar estar que em breve você terá notícias minhas...

— Peraí, Jurema, volta aqui, vamos conversar!

Ela já ia longe.

Na barbearia, Ventania encontrou Glanderson atracado com uma Playboy safra 98, cujas páginas estavam finas de tanto serem folheadas. Seu Aníbal finalizava o corte de um freguês e logo o saudou.

— Eis aí o futuro estrangeiro!

— Então o senhor já tá sabendo?

— Fofoca boa corre rápido, ó pá. Depois o garoto confirmou tudo. Mas, ó Ventania, não ficas a desconfiaire dessa conversa?

— Como assim, seu Aníbal? — perguntou intrigado.

— Estão a dizeire por aí que tu vais levar o gajo para jogaire numa equipe alemã da França.

Ele custou a entender o mal-entendido, até que a ficha caiu.

— Equipe alemã da França? Não, nada disso. É Le Mans. Le Mans!

— Ora, mas é futebol ou fórmula um? — O português coçou a cabeça.

— Futebol, claro. Acho que é um time formado por mecânicos do automobilismo, sei lá. Mas é coisa quente, tudo muito profissional.

O telefone tocou. Era Berinjela. O barbeiro passou o telefone para Ventania.

— E aí, doutor, como vai essa força? — gritou animado. Glanderson fechou o pôster central para prestar atenção. — E o gringo, se refez da porranca? O cara tomou todas na Acadêmicos, hein!

— É, bicho, o homem chegou no hotel na pior. Tive que pedir ajuda pra levar o sujeito pra debaixo do chuveiro. Mas ele já tá bem.

— E aí, e a nossa transação, o que ele achou do garoto?

— Olha, vou ser sincero com você, o Jacques nem viu nada, não lembra de nada, nem sabe como chegou aqui.

Ventania levou um balde de água fria, quase deixa cair o telefone.

— Então quer dizer que...

— Calma, bicho, fica frio, deixa eu te explicar. Eu vi tudo, tava de olho no moleque e acho que ele leva jeito pra coisa. Mas eu não apito nada.

— É, você me disse — respondeu desanimado. Glanderson balançou a cabeça e voltou a se dedicar ao pôster central.

— De qualquer forma, eu conversei com o homem. Tentei fazer a cabeça dele. Disse que o garoto era realmente excepcional, além de novinho, sem vícios de outras equipes, ideal pra ser formado na casa.

— Isso, isso! E ele?

— Concordou, mas...

— Mas o quê, Berinjela? — interrompeu nervoso.

— Ele falou que não tem autonomia pra embarcar um garoto que ninguém conhece, é muito risco pra botar o dele na reta.

Silêncio.

— Ventania? Alô? Tá me ouvindo?

— Preferia que não, Berinjela — respondeu apático.

— É uma situação complicada, bicho. Tô com uma ideia na minha cuca. Mas aí eu queria entrar na jogada.

— Isso aí não é problema, se a ideia for boa, tu tá dentro.

— Por que você não leva o garoto lá?

— Lá aonde, no hotel?

— Que hotel, bicho, tô falando de França. Se você aparece com ele por lá, eu faço o meio de campo. Agora, se o garoto se firma na equipe, eu levo 25% da bolada, sacou?

— O quê?! 25% é muita coisa, cara.

— Bom, aí é com você, se não quiser...

— Peraí, ninguém disse isso. Mas como é que eu faço pra chegar lá, sabe me dizer? Tem alguma van que passa por lá, saindo da praça Quinze?

— Como é que é? — Berinjela não entendeu, nunca tinha ouvido falar em van.

— Não tenho condição de andar nem de táxi, Berinjela, quanto mais avião.

— Bom, tô te dando um toque, se vira, bicho! Faz o que eu tô dizendo: me procura em Le Mans e eu faço a ponte. Pelo sim, pelo não, anota aí meu número e endereço.

— Tá certo, manda — Ventania, sem muito entusiasmo, anota tudo que é soletrado pelo amigo.

— É isso aí, bicho. A gente se vê na França, Japonês. *Au revoir!*

— É a tua!

Ventania desligou o telefone sem coragem de encarar Glanderson. Não queria lhe dar razão, porém ficava complicado manter aceso o otimismo quando isso dependia de duas passagens aéreas para a Europa, fora estadia, tudo por sua conta e risco. O barbeiro Aníbal quebrou o gelo com uma piadinha.

— Senta cá, ó moleque, venha cortar o cabelo para a foto do passaporte.

Ninguém achou graça.

— É moleque, tá feia a coisa.

— Pois é. Era o que eu tava falando, seu Ventania. Sorte melhor, só em outra encarnação.

Saiu do estabelecimento olhando para o chão. Mais uma bola fora. O garoto se apressou, antes que a notícia corresse e ele virasse alvo de mais chacotas. Daquela manhã na barbearia só tinha uma boa lembrança: o poster central. Queria chegar logo em casa para tirar proveito dela.

Ventania, desolado, sentou-se no banco comprido do estabelecimento.

— Essa me quebrou, seu Aníbal — suspirou, balançando a cabeça.

— Ora, ó Ventania, pensaste que seria fácil? Queres moleza? Senta-te num prato de toucinho do céu.

— Tava tudo certo, o garoto agradou, o contato era quente, o clube, fraquinho de bola mas fica na França, que em matéria de futebol, cá entre nós, está nos arredores do primeiro mundo. Dali seria um pulo para um time da Espanha ou da Itália — sonha Ventania.

— Mas se o vento está tão a favoire, por que não embarcas com o gajo, ó pá?

— Embarcar para a Europa? Na situação que eu ando, não posso embarcar nem pra Paquetá.

— Se tens tanta certeza de que tudo vai dar certo, por que não tomas um empréstimo no banco? Com o lucro da operação tu pagas essas passagens e ainda sobra muitos euros.

— Empréstimo em que banco? Tô mais sujo no SPC que banheiro do Maraca.

— Realmente, pelo que estou a ver, está difícil.

— Peraí, a não ser que...

Ventania adentra a garagem da empresa de ônibus. A secretária informa que seu Uranos ainda não chegou. Ele confere no calendário sobre sua mesa: quinta-feira, dia 29. A última do mês, o que significa que seu Uranos deve estar sequestrado. Ele decide aguardar.

Meia hora depois, um táxi para no portão. Seu Uranos salta. Ventania vai recebê-lo no pátio.

— E aí, chefia, tranquilo?

— Na medida do possível, Ventania.

— Como assim, doutor, isso já não é rotina, não faz parte do seu acordo?

— Faz, mas a gente nunca sabe. Antigamente a gente acertava com um bandido e não tinha o menor problema. Hoje em dia, é tudo garoto novo, tudo dedo nervoso. Foi-se o tempo que a bandidagem era nascida e criada por aqui, agora você não sabe se essa criançada armada até os dentes vai honrar a palavra. É muito arriscado.

— É, entendo — ele percebe que seu Uranos está meio pra baixo e injeta ânimo na conversa. — E o enteado, como anda?

— Tá uma beleza, rapaz! — Funcionou. — O Gabriel se entendeu com o pessoal da escolinha, joga quase todo dia, chega em casa tão cansado que não tem forças pra criar caso comigo. Eu estava até para te agradecer, amigo. Essa escolinha salvou o meu casamento.

A deixa foi perfeita, Ventania logo emendou.

— Pra nós não vale isso, chefia, um mamão lava o outro e os dois lavam a manga. Falando nisso...

— Ah meu Deus, lá vem prejuízo. Ventania, se o teu negócio é dinheiro, passa outro dia que hoje eu tô quebrado.

— Mas eu não vim pedir, eu vim trazer dinheiro pro senhor.

— Bom, se é assim, vamos lá pra minha sala. Dona Terezinha, dois cafezinhos.

— Pois não, seu Uranos.

O empresário entra em sua sala, abre as persianas da janela que dá vista para a oficina, joga a pasta sobre a mesa e se refestela em sua poltrona executiva. Ventania se aproxima de uma foto emoldurada na parede. A equipe do Botafogo bicampeã carioca de 67-68 eternizada atrás do vidro.

— O senhor não esquece esse time, hein.

— Cao, Moreira, Zé Carlos, Leônidas e Valtencir; Carlos Roberto e Gérson; Rogério, Roberto, Jairzinho e Paulo César. Dá pra esquecer um escrete desses? É o único que eu sei de cor. Que saudade... — Muda o tom, deixando as reminiscências de lado. — Senta aí, Ventania, e bota a grana na mesa pra gente contar.

— Peraí, seu Uranos, também não é assim.

— Dona Terezinha, suspende o café!

— Que isso, seu Uranos, calma! Dona Terezinha, confirma o café pra nós por favor.

Ventania dá uma bicada no café requentado e começa a expor sua ideia.

— O caso é o seguinte, seu Uranos. Eu vim aqui propor uma parceria. O senhor sabe, eu tô com esse menino, o Glanderson. O garoto é bom de bola, tranquilo, disciplinado e eu acho que ele tem tudo pra chegar à seleção em alguns anos. Mas ninguém é convocado se estiver jogando no Brasil, certo?

— Certo — seu Uranos acompanhava o raciocínio do ex-empregado.

— Bom, eu tô com um contato forte de uma equipe lá da França.

— Que maravilha, parabéns! Quando vocês viajam?

— Isso depende da nossa conversa aqui.

— Não sei se você sabe, mas nenhum ônibus meu cobre a linha Vila da Penha-Paris.

— É, eu sei. Eu quero fazer uma parceria com o senhor. O garoto hoje não vale nada, mas se ele for pra Europa, o passe dele vai custar uma fortuna, milhões de dólares ou até de euros. E eu quero o senhor nesse rachuncho.

— Agora você começou a falar a minha língua — seus olhos brilharam.

— Seu Uranos, veja bem — Ventania fez uma pausa estratégica, não queria se precipitar e afugentar a presa. — Eu vim aqui propor isso ao senhor em nome da nossa amizade, da minha consideração por tudo que o senhor fez por mim enquanto eu trabalhava aqui — ele procurava inflar o ego do ex-patrão como quem calibra um pneu murcho, a toda pressão. — O senhor está vendo que com essas condições eu poderia levantar um empréstimo no banco para as despesas e abocanhar a dinheirama sozinho. Mas pensei: não, está na hora de retribuir a seu Uranos o tratamento que ele me deu sempre que eu precisei. É hora de mostrar que essa via tem mão dupla.

Estava dando certo. Seu Uranos não estava habituado a elogios, vivia num meio rude, cheio de cobranças em casa, na firma, no mundo do crime. Ali estava um sujeito demonstrando sua estima. Com suas palavras, Ventania estava comovendo o homem.

— Continue, meu filho, continue.

— Tudo que eu preciso, seu Uranos, são duas passagens para a França e mais um trocado para comida e hospedagem por alguns dias, até eu fechar o negócio. Em troca, eu lhe daria uma gorda percentagem do apurado na venda dos direitos federativos de Glanderson, algo em torno de 25% a 30%. Estamos falando de uns poucos milhares de reais em troca de muitos milhões de dólares. Nem investindo em cocaína pura da Colômbia o senhor teria um retorno desses — Ventania apelou para seu órgão mais sensível, o bolso.

— Olha, meu filho, parece que você tem razão. Sua proposta me parece bem razoável. Além disso, aqui entre nós, eu tenho um dinheirinho lá fora que há muito tempo não movimento. Eu vou pensar no seu caso com carinho, Ventania, pode deixar.

— Muito obrigado, seu Uranos, muito obrigado!

Eles se despedem. Na rua, Ventania se vangloria de sua lábia.

— *Yes*!

44:05

— Prepare sua mala, garoto. Nós tamos indo pra França.

— Hã? O quê?

Glanderson foi acordado pela voz animada dentro de seu quarto. Achou que estava dormindo, sonhando. Só podia ser uma "pegadinha" armada pelo seu inconsciente. Mas não era nada disso. Ventania invadiu o minúsculo apartamento assim que dona Conceição lhe abriu as portas. Mal deu bom dia à velha, arreganhou a porta do cubículo de Glanderson, que não teve tempo de recolher a ereção matinal.

— Isso mesmo, garoto. França. Já está tudo arranjado.

— Ah não Ventania, nem vem de novo! Chega de caô, deixa eu dormir.

— Bom, dorme aí enquanto eu vou providenciar as passagens.

— Ei, ei! Posso saber que conversa é essa? — Dona Conceição acompanhava tudo da porta.

— Ô dona Conceição, cheguei tão empolgado que nem expliquei nada pra senhora. Tô lançando o seu neto no futebol europeu. Dentro de uns dias a gente tá embarcando pra França.

— O quê? O meu Glanderson na França?

— Não é maravilhoso?

— Maravilhoso? Eu acho um horror! Uma coisa terrível! Imagina o meu filhinho sozinho na França!

— Não é sozinho, eu vou estar lá com ele — esclareceu.

— Piorou! O que a vizinhança não vai falar? Um garoto criado pela avó sai de viagem pro estrangeiro acompanhado de um homem que não é nada da família. Deus me livre de um pesadelo desses! Esconjuro, meu são Sebastião! — Dona Conceição se benze.

— Calma aí, minha senhora, calma aí! Isso não é nenhuma viagem romântica, é assunto estritamente profissional e que envolve muito dinheiro — Ventania lembrou-se do famigerado episódio do olheiro pedófilo Aguiar e se irritou.

— Calma aí falo eu! — Glanderson pulou da cama. — Minha avó tem razão. Como ela pode achar normal você entrar na nossa casa e, sem mais nem menos, dizer que eu tô indo pra Europa com o senhor?

— É, verdade, garoto. Desculpe, dona Conceição. É que uma oportunidade dessas não aparece todo dia — Ventania baixou o tom. — Bom, vamos ver se eu consigo explicar. Eu reencontrei um velho amigo que tem um contato forte num clube da França. Os caras lá adoram brasileiro, aliás não são só eles, a Europa toda anda pagando fortunas por um brasileiro. Esse clube é o Le Mans, que vira e mexe tá na segunda divisão deles. Eles contrataram um jogador daqui e gostaram, meu amigo acha que eles podem querer experimentar outros. O negócio é que a gente tinha que ir lá pagar pra ver. Acontece que o seu Uranos, o dono da Viadu, aceitou patrocinar a viagem.

— Dono de quem? — Dona Conceição arregalou os olhos.

— Viadu, Viação Abílio Domício Uranos, a empresa de ônibus que fica ali na Av. Meriti — explicou. — Ele vai bancar essa empreitada em troca de uma percentagem do passe de Glanderson. Se tudo der certo, vai entrar tanto dinheiro na jogada que vocês nem vão sentir falta da percentagem do homem. Estamos falando de milhões de euros, dona Conceição, dinheiro que a senhora não vai ver nem que acerte um milhar no bicho toda semana.

Glanderson deixou o ceticismo de lado.

— É sério mesmo, seu Ventania?

— Eu te garanto, moleque!

— Peraí, gente, peraí. Eu ainda não tô convencida. Como é que o meu netinho vai se virar sem mim lá no estrangeiro? Quem é que vai fazer a comidinha dele, quem vai botar o leitinho morno na cabeceira dele na hora de dormir?

— Ah, vó, não esquenta, eu peço uma pizza e tá acabado.

— Dona Conceição, a gente tá falando da França, o povo lá é fanático por comida, ninguém morre de fome naquele país, fique tranquila.

— Bom, sendo assim...

— Então a senhora deixa, vó?

— Se é como o seu Ventania tá falando, só me resta rezar pra dar tudo certo.

O garoto sapeca-lhe um beijo.

— Não demora muito a senhora não vai mais precisar lavar roupa pra fora, vó!

— O quê? Esse prazer você não me tira! Se eu não lavar roupa pra minha freguesia, como é que eu vou ficar sabendo das fofocas?

— Sua avó tem razão, Glanderson — pisca o olho, discretamente. — Depois quando você ficar famoso, a freguesia dela pode aumentar muito.

— E eu nem tinha pensado nisso!

Dona Conceição foi para a cozinha preparar um café.

A notícia correu o bairro. Todo mundo queria cumprimentar Glanderson, desejar boa sorte, dar algum conselho, pedir que não se esquecesse dos amigos. O pessoal do campinho passou a respeitá-lo, agora era o primeiro a ser escolhido no par ou ímpar da pelada. Houve até uma criança lhe pedindo um autógrafo, o que o fez pensar que deveria se preparar para a fama, e isso passava por ter um autógrafo bacana e legível.

Chaveirinho queria ser incluído na bocada.

— Me bota na tua mala, o resto deixa por minha conta — pediu.

Seu amigo Zulu não queria nada, apenas lhe dar uns toques.

— Tu tá indo mesmo pra Europa? Não pode fazer feio lá fora. Tem que saber representar nossas raízes. Aprende a tocar pandeiro e tamborim. Se o teu time ganhar, é você quem tem que puxar o carnaval. Se quiser, te dou umas aulas.

— É mesmo, Zulu, nem tinha pensado nisso!

— Outra coisa: tem que resolver aquele teu problema.

— Que problema, o do pé?

— Não, o problema do pau.

— Como assim? — ele não entendeu.

— Tu continua virgem? — Zulu sempre vai direto nesse assunto, sem rodeios, sem dar chance para uma mentira convincente. Glanderson abaixa a cabeça: quem cala consente. — Rapá, tu não pode embarcar virgem pra Europa! Tu é negão, é brasileiro e vai chegar lá cabaço? A mulherada vai desconfiar de você, pode pegar até fama de viado!

— Não fala uma coisa dessas, Zulu, nem de brincadeira! — assustou-se.

— Quem é que tá brincando aqui? Nunca falei tão sério! É o seguinte, amigo. Quando as gringas escutam falar que tem um brasileiro na área, já ficam cheias de sacanagem na cabeça. E elas não querem só transar não, que isso elas fazem com um primo qualquer, elas são super liberais.

Zulu discursa como um sujeito vivido, experiente. Apesar de nunca ter saído do estado do Rio, já tinha se deitado com umas turistas estrangeiras.

— Elas querem saber das novidades — continuou. — O que você vai ensinar pra elas, as novas posições que estão na moda no país do futebol e da putaria. Querem aprender o violino chinês, o canguru perneta, a foda rodeio... essas coisas.

— Agora tu me deixou confuso. Como é que eu vou aprender tudo isso de uma hora pra outra? — Glanderson ficou visivelmente transtornado. — Peraí! Você acha que se eu pegar a Vulviane, eu posso ganhar cancha? Ela é feinha, é meio gorda, mas é a única garota que já me deu um certo mole.

Zulu pensou um pouco.

— A Vulviane pode servir pra você ser apresentado à coisa, para ter mais intimidade e não ficar chamando xoxota de sua majestade. Mas como ela também é virgem, depois acho que você vai precisar de uma ajuda profissional, se é que você me entende.

— Uma puta?

— Não vai querer descobrir essas coisas com um traveco, né?

— Tá me estranhando, porra!

— Tô só te dando um toque.

Glanderson procurou Ventania. Queria conversar com seu empresário, se abrir com ele e ouvir sua opinião.

— Esse seu amigo não é bobo não — disse ele. — Mas esquece essa Vulviane, pelo menos por enquanto. Essa garota pode te meter um DNA, mole, mole. É só você se apaixonar. A partir de agora, tem que ficar ligado.

— Tem razão, seu Ventania.

DNA, mais uma coisa para ele se preocupar. Glanderson estava ficando tenso com tantos elementos que precisava dominar. Tocar pandeiro, tamborim, saber trepar... Vida de jogador de futebol é mesmo complicada.

— Eu tenho uma amiga em Madureira que vai poder nos ajudar nessa parada. Ela tem o que a gente chamava antigamente de "rendez-vous". É uma coroa, mas ainda dá um caldo. Tem tempo que eu não uso os seus serviços, mas tenho certeza que ela vai te atender bem. Eu falo com ela, explico a situação e ela vai ter toda a paciência do mundo com você. Eu te adianto um dinheirinho, depois desconto do teu passe, certo?

— Obrigado, seu Ventania! O senhor tá sendo um pai pra mim.

— Ih, não vem com esse papo, Glanderson. Sou um péssimo pai.

45:10

— Aí, Chaveirinho, descolei o endereço de um bordel lá em Madureira, tá a fim de ir lá comigo?

— Quando?

— Agora.

— Agora? Pô, se tu liga quinze minutos antes, eu ia, mas agora acabei de tocar uma bronha, não vai dar. Vamos deixar pra amanhã.

— Não, tenho que resolver essa parada hoje mesmo.

— Então só se for mais tarde. Tu paga pra mim depois a gente acerta? É que eu tô meio duro.

— Duro? Mas tu não acabou de tocar uma bronha? Aí, Chaveirinho, eu não vou pagar tua foda nem fodendo. Deixa pra próxima.

— Falou. Valeu.

46:30

Ventania chegou em casa e se deparou com um sujeito de terno. A vizinha lhe disse que o homem o aguardava há mais de uma hora.

— Oficial de Justiça — apresentou-se o homem.

Ventania, atônito, tentou ser gentil. O homem foi seco.

— O senhor está sendo intimado a prestar um depoimento na delegacia.

— Mas o que é que houve? Algum crime no bairro que eu possa servir de testemunha?

— Houve um crime, sim, mas o senhor não é testemunha, é réu. Pensão alimentícia.

— O quê? Aquela Jurema, filha da p... Que facada! — O empresário gelou.

— O que é que tá acontecendo, seu Paulo? —A vizinha estica o pescoço na janela para pescar mais detalhes da fofoca.

— Calma, dona Marizete, é só um mal-entendido. Faz o seguinte, avisa pro seu Aníbal o que está se passando. Pede pra ele me encontrar na delegacia. E fica tranquila, tá? Vai dar tudo certo, a senhora vai ver.

— Delegacia, meu Deus! Tenta não ficar muito tempo por lá, meu filho!

— Vou fazer o possível, vou fazer o possível. Não esquece de avisar pro seu Aníbal.

Ventania aguardava sua vez para ser atendido pelo delegado. Estava numa sala, junto com outro sujeito. Este parecia tranquilo, apesar de algemado. Estava à vontade no ambiente.

— Que é que tá pegando, meu camarada? Que é que você tá fazendo aqui nesse purgatório com essa cara de santo? Aprontou o quê?

— Armaram pra cima de mim — disse Ventania para seu mais novo confidente.

— Que nem eu. Um X-9 filha da puta me entregou. E você? Qual é a tua bronca?

— Pensão alimentícia. A bruaca da minha ex-mulher me dedurou só porque tem seis meses que eu não lhe dou uns trocados...

— Então, tu é P.A.?

— Não, sou o P.V., Paulo Ventania, prazer.

O marginal não pôde cumprimentá-lo devido às pulseiras de aço.

— P.A. é pensão alimentícia, mané. Crime brabo. A única coisa que é cadeia garantida nesse país.

— E você?

— Eu? Tráfico de drogas, receptação de mercadoria roubada e sequestro relâmpago. Bobagem. Daqui a pouco um companheiro meu chega e acerta tudo com o delegado.

De fato, um sujeito mal-encarado chegou na delegacia, chamou um policial, eles conversaram lá fora. O policial voltou com um envelope gordo nas mãos e o companheiro de sala de Ventania foi dispensado. Minutos depois aparece seu Aníbal.

— Que fazes aqui, ó Ventania? Enfim conseguiram descobrir-te, salafrário? — perguntou rindo.

— Nem brinca, seu Aníbal, isso só pode ser um mal-entendido.

— Não foi o que o delegado me falou. Ele me disse que tu estás com a pensão de seu filho atrasada há meses, é verdade?

— O senhor vê como é a vida: eu, um sujeito honesto, que nunca roubou ninguém, nessa situação humilhante. E justo agora que estou prestes a embarcar pra Europa com o Glanderson a Jurema me apronta uma dessas! Se o seu Uranos souber disso, é capaz até de suspender o patrocínio... Enquanto isso, o sujeito que estava aqui comigo me disse que roubou, receptou, sequestrou e já está na rua, foi dispensado sem sequer prestar depoimento.

— Estás a falaire do Luisinho 9mm? Acabo de passar por ele na entrada.

— Então o senhor conhece aquele cara?

— Todo mundo do comércio conhece aquela peste, ó pá. Agora não assalta mais lojas, concentrou-se no ramo do tráfico. Está mais manso, mas já foi o cão de ruim. É um dos chefões do IDA.

— IDA? O que é isso?

— Uma nova facção do crime carioca, ó pá! São os Inimigos dos Amigos. Eles estão por trás dos sequestros do Uranos — aproxima-se e baixa o tom da voz. — O delegado tem uma participação — volta a falar normalmente — Afinal, o que tu queres de mim?

— Seu Aníbal, só o senhor pode me tirar dessa situação. Eu sei que é um pedido delicado, mas...

— Pode falaire, ó Ventania!

— Eu fico até sem jeito de pedir uma coisa dessas, mas... o senhor não poderia cobrir essa despesa pra mim? Eu tô na maior lona, não tenho condição de me descapitalizar ainda mais. Tudo que eu tenho é a verba da viagem que seu Uranos ficou de me conseguir. Quero fazer um acordo com o senhor.

— Que tipo de acordo?

— Olha, o senhor tira essa corda do meu pescoço, em troca eu lhe dou uma participação no passe do menino. Dez por cento. O que acha?

— Dez por cento de zero é zero. É isto que me propões?

— E dez por cento de dez milhões de euros, o senhor já fez essa conta?

— Esse número não cabe na minha calculadora, mas me parece um bom negócio.

— Parece não, é um ótimo negócio. Basta ter um pouco de paciência, talvez leve um ou dois anos, mas acho que com juros e correção é um bom retorno por essa merreca de pensão, não acha?

— E por que tu não ofereceste isto a Jurema?

— Mulher não entende nada de futebol, seu Aníbal. Não ia aceitar minha proposta, ia dizer que eu tava querendo passar ela pra trás. E depois do que ela me fez passar, não merece um presente desses. Prefiro oferecer ao senhor, que é como um pai pra mim.

— Bem, estou a ver que do teu ponto de vista pai é um sujeito que não paga pensão, certo?

— É, quer dizer, não, mais ou menos... Ah, seu Aníbal, para com isso.

— Pegue suas coisas, ó pá. Vamos sair daqui.

— Obrigado, seu Aníbal! Deus lhe pague!

— Epa! Se for Deus quem vai me pagaire, vou deixar-te atrás das grades!

— Que isso! Foi só maneira de falar!

— Então vamos, que eu preciso reabrire minha barbearia.

— E eu preciso ir pra França. Vamos!

SEGUNDO TEMPO

1:00

Ventania assumiu a direção. O carro foi deixando o aeroporto, se afastando de Paris, o asfalto mais liso que bola de sinuca, os carros passando em alta velocidade. Pelo retrovisor, nem sinal da torre Eiffel. Em pouco tempo estavam cercados por terra cultivada a perder de vista, onde um ou outro trator denunciava que havia gente por aquelas bandas.

— O senhor sabe mesmo pra onde a gente tá indo? — perguntou ele tendo quase certeza de que seria enganado.

— Fica na tua, garoto. Tô seguindo as instruções do Berinjela. Vou te botar na cara do gol. Você só precisa ter paciência e mostrar tudo que tu faz com a bola no pé. Os gringos vão babar, aí a gente fecha um contrato. Pode ser merreca, o importante é você estar colocado num clube europeu pra ser chamado pra seleção. Aí, meu filho, o céu é o limite. Você vai entrar pra história do futebol mundial!

— Com todo respeito, seu Ventania, vamos baixar essa bola.

— Sabe quem vai te indicar? É o Mauro Berinjela, moleque! Ele me devia essa. O Berinjela era um cracaço nos anos setenta, mas andava sem ambiente no Brasil. Tinha um vício que crioulo nenhum podia ter naquela época.

— Dar a bunda?

— Que isso, rapaz! O vício dele era bem outro. Lourinha. Não podia ver que pegava. E os milicos não suportavam isso, era pior que reunião de comunista. O cara tava sendo perseguido por ter comido a filha de um general. Aí veio corrido pra cá. Ele jogou anos aqui na França, fez um caminhão de gols, comeu um bando de francesas, até hoje é lembrado pela cartolagem local.

— Bom, se ele comeu as filhas dos cartolas, o pessoal não esqueceu.

— Tá por fora, garoto, isso aqui é um país moderno, ninguém fica tomando conta de xoxota de filha, não. Tanto que até hoje ele é convidado pra tudo que é boca livre, com passagem, hospedagem, tudo pago.

— Por falar em tudo pago, olha o pedágio chegando.

O carro se aproxima de uma sequência de cubículos metálicos, protegidos por vidros fumê e com um painel luminoso em que se podiam ver vários avisos em francês, que Ventania torcia para não serem importantes, já que nenhum dos dois dominava o idioma. Aliás, nem aquele e nem qualquer outro, incluindo o português. Um farol vermelho indicava que tinham que parar, essa parte eles entenderam. Quando encostaram junto à cabine, Ventania pegou uma nota de dez euros no paco amarrado com elástico que trazia no bolso interno do paletó, seu cofre — o mesmo em que estava as orientações do Mauro Berinjela. A primeira surpresa: não tinha ninguém na cabine. Aguardaram um tempo, uma fila de carros se formou. Ventania tomou coragem e apertou um botão enorme que imaginou ser a campainha para chamar o funcionário. Não ouviram nada, a campainha devia estar quebrada. Quando saiu do carro para ver o que se passava, a cabine cuspiu um ticket. Ele pegou o ticket e a cancela se abriu. De graça. A cobrança seria feita na saída da autoestrada.

— Isso é que é país, Glanderson! O pedágio é fiado. Já comecei a gostar daqui.

— É, mas a gasolina eu acho que eles vão cobrar e o tanque está quase na reserva.

— Deve ter um posto mais na frente. A gente aproveita pra tomar um café e tirar água do joelho.

— Boa ideia. Tava quase pedindo pro senhor dar uma paradinha perto de um poste desses aí pra eu me aliviar.

— Tá maluco, moleque! Isso aqui não é Bento Ribeiro, não. Ouvi dizer que tu pode ir em cana só de escarrar na rua. E eu duvido alguém mijar num poste sem dar uma escarrada no chão.

— Tudo bem, seu Ventania, eu vou me aguentar, mas não precisa exagerar. Só porque eu nunca vim no estrangeiro acha que eu vou acreditar em qualquer cascata que o senhor inventar? Nem sei se a gente tá no caminho certo. Me diz uma coisa: esse Mauro Berinjela jogou no Lyon, não foi?

— Foi.

— Então por que é que a gente não tá indo pra lá?

— Ele me disse que ainda não era o momento de tentar um time de primeira.

— Esse tal de Le Mans é de terceira?

— Tu tá ficando é besta hein, moleque? Já não tô te trazendo pra Europa? Então, que diferença faz o clube? Relaxa, Glanderson! Vou te lembrar o que já tava combinado: eu faço a minha parte, tu faz a tua. A minha é te botar dentro do campo com uma camisa estrangeira em cima do esqueleto. E a tua é deixar os gringos de queixo caído, chamar atenção com categoria da imprensa esportiva pra ser lembrado pela CBF quando for a hora, entendido?

— Mais ou menos.

— Deixa eu te explicar pra tu entender, garoto. O Le Mans é um clube de primeira, só que não tão de primeira assim. Eu conversei com muita gente antes de embarcar naquele avião e todo mundo concordou comigo. O ideal é o que eu vou tentar: te botar num clube que não atravessa uma boa fase. Assim, você chega, arrebenta e vira a salvação da lavoura, entendeu?

— Lavoura é o que não falta por aqui pra *mim* salvar — apontou pela janela a plantação de trigo, milho ou sabe-se lá o quê.

— Pra *eu* salvar, pra *eu* salvar!

— O senhor também vai trabalhar na lavoura?

— Glanderson, confia em mim, eu sei o que estou fazendo. O que a gente precisa é chegar no clube que o Berinjela me indicou, depois você mostra a eles pra que veio ao mundo e a gente começa a armar a tabelinha pra fazer um gol de placa na vida.

— E tem alguém lá sabendo que a gente vai chegar?

— De jeito nenhum. A transação tem que ser feita em sigilo absoluto senão mela toda a jogada! A parada não pode vazar.

— Tá bom, seu Ventania, mas eu já tô quase vazando. Dá uma paradinha naquele posto ali, antes que eu me mije todo.

— Isso. Vou aproveitar para completar o tanque, não sei quanto falta pra gente chegar.

O carro entrou no posto e Glanderson estava a ponto de explodir. Explodir de vontade de mijar e de vontade de mandar seu Paulo Ventania à merda. Mas se segurou, tinha que dar um crédito a ele. Afinal, o sujeito conseguiu convencer os comerciantes do bairro a apostar no seu futebol, não queria decepcionar ninguém. De qualquer forma, estava ficando difícil captar o raciocínio do procurador. Os dois rodando no estrangeiro, sem saber direito aonde iam chegar, muito menos como seriam recebidos. Tinha que confiar no seu Ventania, um sujeito safo, que não se apertava com facilidade e que tinha suas cartas na manga — uma delas era o Mauro Berinjela.

O que o intrigava era que esse sujeito mal o vira jogar, não fazia a menor ideia do que poderia falar dele. Além disso, não seria melhor uma recomendação de alguém um pouco mais novo? Tá certo, o Berinjela foi um mito, uma lenda, mas o Raí, o Leonardo, o Juninho Pernambucano, por exemplo, estão mais fresquinhos na memória do francês. O próprio Ronaldo Fenômeno podia dar um toque no Zidane a seu respeito. E isso não seria tão complicado, Glanderson tinha uma tia lá de Bento Ribeiro que sempre foi assim com os Nazário. Ronaldo é gente boa, é humilde, não ia custar nada dar uma força para quem está começando.

Tudo bem, paciência. No momento, o importante é descobrir como funciona a máquina de café. Onde é que põe a moeda, onde pega o copinho, o açúcar, a colherinha, é muita informação, puxa muito pela cabeça. Apenas há algumas horas nessa terra e já deu pra ver um problema sério do primeiro mundo: tem muito botão pra apertar. Ventania reaparece do mictório fechando a braguilha.

— Cadê o nosso café, garoto, já pediu?

— Isso aqui não é boteco, não. A gente tem que se virar com essa máquina que eu não entendi como funciona.

— Então deixa o café pra depois, vamos catar um frentista pra encher o tanque e seguir viagem.

Tiraram o carro da vaga e deram ré até a bomba. Foi quando viram que não havia empregados do posto por ali, cada um tinha que se virar sozinho para pôr gasolina.

Glanderson começou a descobrir a razão para tanta riqueza nesse país: os caras não dão emprego para ninguém, não querem saber de pagar salário. Mais uma vez tinham que enfrentar os famigerados botões, agora para acionar a bomba e fazer a mangueira jorrar o precioso líquido. Mas era uma mangueira nitidamente racista e preconceituosa, desenhada para humilhar o cidadão do terceiro mundo, habituado a ser gentilmente atendido por frentistas nos postos de gasolina. Cansaram de ser esculachados por aquela gerigonça tecnológica.

— Tem menos de um quarto de tanque, Glanderson, mas acho que dá pra chegar num posto menos complicado.

Anoitecia quando deixaram a autoestrada, depois de pagarem o pedágio, e seguiram para um pequeno vilarejo na região. Procuraram uma espelunca onde pudessem comer qualquer coisa. O vilarejo era formado por umas poucas casas antigas, algumas pintadas e bem conservadas, outras caindo aos pedaços. Era difícil saber o que era espelunca e o que era prédio histórico. Acabaram parando em frente a uma pensão que mais aparentava espelunca. Um branquelo alto, bigodudo, de cabelo seboso, apareceu com olhar desconfiado. Ventania tentou se comunicar, a princípio falando bem devagar, mas nem assim ele entendeu seu português. Talvez por causa do seu sotaque, imaginou, na Europa eles devem estar mais habituados com o sotaque lusitano.

— Seu Ventania, acho que está na hora de pedir ajuda aos universitários.

— Como assim? — Não estava em condições de compreender piadinhas.

— O senhor não tem o telefone do Berinjela? Liga pra ele.

— Boa ideia, garoto!

Através de mímica, Ventania explicou que precisava usar o telefone. O sujeito entendeu e lhe indicou o aparelho. Ventania puxou a carta do bolso e teclou o número.

— Alô — responderam do outro lado.

— Berinjela? — Ventania sorriu para Glanderson aliviado.

— Quem tá falando?

— Berinjela, sou eu, Ventania.

— Ventania? Então você veio? Onde você tá, bicho?

— E eu sei lá! Só sei que tô na França, o resto não tenho a menor ideia. Encostei numa pensãozinha aqui de um vilarejo, agora é com você. Tem um bigodudo me olhando com cara de poucos amigos. Você precisa salvar a gente.

— Calma, bicho, você tá num país civilizado, ninguém vai te fazer mal. Me fala uma coisa: tem dinheiro pra pagar o jantar de vocês e o pernoite?

— Tenho.

— Então bota esse bigodudo na linha.

Ventania chamou o sujeito ao telefone. Berinjela explicou que se tratavam de brasileiros amigos seus que estavam famintos e perdidos. O bigodudo localizou-os para Berinjela. Sua expressão ficou mais tranquila ao falar com alguém que pudesse esclarecer a situação, pronunciou palavras impenetráveis para os dois, que acompanhavam o diálogo de olhos arregalados. Passados alguns minutos, Ventania foi chamado de volta ao telefone.

— Tá tudo chuchu beleza, bicho. Já sei exatamente onde vocês estão, numa cidadezinha chamada Dourdan. Até que pra quem nunca saiu daquela roça vocês vieram bem! O caso é o seguinte: pede ao messiê para servir um jantar para vocês. Ele tem um quarto onde vocês vão passar a noite. Amanhã pela manhã eu tô passando aí pra encontrar vocês. Agora é comer e dormir, que vocês devem estar acabados.

— Pode crer, meu camarada, tamos mortinhos! Até amanhã!

— Até.

Mais calmo, Ventania esfregou a barriga e fez o gesto universal de "mandar comida para boca", o que foi imediatamente traduzido em dois pratos de omelete com batatas. Com a barriga forrada, o bigode os levou a um quartinho sem janela, com duas camas de solteiro e as paredes cobertas por um papel descascado, nos fundos da pensão. Naquele momento, aquilo era uma suíte no Copacabana Palace.

Glanderson abriu sua mala para pegar uma roupa limpa para dormir. Elas estavam ali, ao lado do pijama que sua avó dobrou, quietinhas, enroladas num papel pardo: suas chuteiras. Segurou o embrulho e beijou.

— Não demora você vai estar calçando isso, Glanderson — Ventania deu-lhe um tapinha no ombro. — Aqui jogador brasileiro não fica no desvio, os caras vão logo lhe arrumar uma vaga.

— Deus te ouça, seu Ventania. Tô sem ver bola direito desde que o senhor resolveu me profissionalizar.

— Você insiste com essa conversa, garoto. Mas eu não queria te botar pra começar num time carioca. O futebol do Rio tá falido. Tá lembrado como anda a condição dos gramados por lá? Você não queria que eu deixasse você se acabar naquelas peladas, né? Tive que proibir você de arriscar a sofrer uma torção num buraco da rua Bariri, da Conselheiro Galvão, a dar uma topada num toco de cana mal cortado do campo do Americano e jogar um futuro brilhante pra escanteio. Pro seu próprio bem. Daqui a alguns dias essa chuteirinha vai estar conversando com gramado francês, messiê!

Glanderson não ficou muito convencido, mas não tinha outra saída, era segurar na mão de Ventania e seguir em frente. Além disso, argumentar não era o seu forte. Preferia torcer para tudo dar certo a ter que bater boca com seu empresário.

⚽

Ventania dormia pesado quando Glanderson se levantou. Não conseguiu relaxar direito durante toda a noite, estava apreensivo com seu futuro. Aquela ideia de jogar num clube estrangeiro agora estava se tornando real, ele não tinha certeza de que estava achando tudo aquilo maneiro. Saiu do quarto com sua escova de dente e uma toalha de banho que a avó havia colocado na mala. Quem sabe um bom banho não renovasse suas energias.

Andou pelo estreito corredor da pensão. Ouvia vozes, cacos de conversas incompreensíveis. Ao término de um curto diálogo, uma estridente gargalhada. Só podia ser do bigodudo e tinha certeza de que estavam rindo dele, apesar de não estar sendo visto por ninguém. Acreditava ser, junto com Ventania, a novidade do local, motivo de fofocas e especulações.

Entrou num banheiro pequeno, com azulejos encardidos e ferragens antigas. Escovou os dentes sem pasta, tirou a roupa e entrou no compartimento do banho, uma banheira apertada protegida por uma cortina de plástico. Olhou para cima procurando o chuveiro, não encontrou. Havia apenas uma mangueira com um chuveirinho na ponta. Glanderson abriu a torneira até o fim, mas a água não se animou muito. Surgiram uns três jatos díspares, fracos e frios. O chuveirinho estava bem entupido.

Foi um banho custoso, difícil de crer que estava num banheiro do primeiro mundo.

Imaginava que na Europa todos os banheiros fossem luxuosos, amplos, com uma ducha caudalosa e quente formando uma confortável cachoeira. Afinal, a França é ou não é um país rico? Um banho sem vergonha como este ele não tinha visto nem nos barracos do morro do Juramento — aqueles que têm caixa d'água, claro. Lá os chuveiros Lorenzetti garantem água quente à vontade e um ligeiro choque na hora de fechar a torneira. Ali, em plena Europa, Glanderson também levou um choque, mas com a precariedade do banho francês. Outra coisa o intrigava: com um jato de água tão tímido, como fazer para tocar uma bela bronha e não sair lambuzado, deixando vestígios na cortina de plástico e nos azulejos? O rapaz concluiu que, além de não se lavarem direito, os franceses também não tocavam punheta, pelo menos não na hora do banho.

Ventania se servia de café numa mesa do salão.

— Banhozinho demorado o seu, hein, garoto!

— Já tentou tomar banho aqui? Maior sufoco! Se eu tivesse um conta-gotas ia ser mais fácil.

— Acabou de chegar e já tá reclamando? Tu é muito mal-acostumado, rapaz. Anda, senta aí e se serve que daqui a pouco o Berinjela vem pegar a gente.

Glanderson sentiu um cheiro podre no ar.

— Hm, seu Ventania, a coisa tá feia hein?

— Como assim?

— O senhor pegou pesado ontem na janta e agora tá poluindo a sala.

— Ah, esse cheiro? Não fui eu que peidei não. É esse queijo que eles botaram aí na mesa. Tremendo chulé!

— Nossa, que horror! Esse troço tá totalmente fora da validade. Tá vendo, só porque a gente é brasileiro esses caras acham que podem servir qualquer coisa. Nem cachorro sarnento come um troço desses.

— Não sei não, Glanderson, o pessoal daquela mesa parece estar gostando.

Ele nota que o mesmo queijo está sendo devorado por um casal ao seu lado.

— Eca! Que nojo! — Fez uma careta de reprovação.

— Olha os modos, Glanderson! Tua avó não te deu educação não?

— Mais ou menos. Ela dizia que eu já era criado por vó, se ainda por cima fosse muito educado podia virar viado.

Mauro Berinjela apareceu na pensão em seu carrinho velho e malconservado, prova de que as coisas não andavam às mil maravilhas para o ex-jogador. Mas seu espírito não denunciava sua situação financeira, estava alegre e animado.

— Brasil, meu Brasil brasileiro... — Entrou cantarolando.

— Berinjela! — Ventania levantou-se para um caloroso abraço.

— Japonês! — respondeu o outro.

— Para com isso, Berinjela, já te pedi mil vezes pra não queimar meu filme!

— Deixa de frescura, Ventania, nós tamos na França, em pleno Vale do Loire, tu acha que alguém vai dar pelota pra você? — Virou-se para Glanderson. — E aí, garoto, como é que tá? Preparado pra arrasar?

— É...

— Ih, quero ver empolgação, nada de corpo mole, hein, moleque!

— Não é isso — interveio Ventania. — O garoto ainda está meio assustado, primeira vez que ele viaja, daqui a pouco ele se solta.

— Eu sei como é isso. Cheguei aqui sozinho, não tinha ninguém pra me dar guarida. Nas primeiras semanas tremia mais que vara verde. Andava pelas ruas com os olhos arregalados assim que nem você, menino. Aos poucos, fui vendo que a vida aqui não é nenhum bicho de sete cabeças. Hm, já vi que tão se cuidando... — Pega um naco do queijo e saboreia.

— Ô Berinjela, cuidado, esse queijo tá vencido, olha só o bolor, a casca chega estar verde! — alertou Ventania.

— Bobagem, isso tá joia! Prova só, Glanderson.

— Obrigado, tô satisfeito.

— Berinjela, a gente veio aqui pra comer queijo ou pra jogar bola? O menino tá louco pra conhecer o clube.

— Tô aqui pra isso. Vamos lá, bicho. Cadê o carro de vocês?

— Tá ali fora. Aliás, isso é um problema, não posso ficar com esse carro alugado pro resto da vida. A gente tem que voltar lá no aeroporto pra eu devolver.

— Nada disso. Vamos devolver no posto da autoestrada e eles se viram. Depois vocês ficam comigo. S'imbora?

— Peraí, só um momentinho, pessoal — Glanderson correu até o quarto, vestiu um casaco e pegou o embrulho com as chuteiras. O short estava por baixo da calça, assim estaria preparado, caso fosse chamado para jogar.

Estavam na porta do carro quando o rapaz reapareceu. Berinjela estranhou.

— Mas que é que é isso?

— Minhas chuteiras. Qualquer coisa, elas estão aqui comigo.

— Não tô falando da chuteira e sim desse casaco.

— Ué, a gente não tá na Europa? Agora tá calor, mas sei lá se pode nevar de tarde.

— Como nevar, meu chapa! Estamos em julho, no meio do verão! Ou você acha que só faz calor em país pobre?

— Então o senhor acha que hoje não vai esfriar — Glanderson ainda não estava convencido. — Tudo bem, eu amarro na cintura. É que a minha avó falou pra *mim* não pegá friagem.

— Bom, pode trazer seu agasalho, mas você só vai pegar friagem lá pra outubro...

Apesar do sol, Glanderson não confiou, preferiu seguir o conselho da avó e carregou seu casaco. Berinjela partiu, Ventania e Glanderson seguiram atrás no carro que seria devolvido. Do posto de gasolina em diante, os três viajaram juntos, cortando o campo ensolarado.

Ventania e Berinjela embarcaram numa conversa em que relembravam os tempos de vida em comum, os coletivos no Bangu, pagodes, churrascos com a rapaziada.

Glanderson não ouvia nada, olhava em volta a planície, tentando se imaginar vivendo num lugar como aquele, longe de seus amigos, da sua avó, numa terra onde tudo é estranho. As placas da estrada sinalizavam seu analfabetismo naquela língua e traziam um profundo desconforto. Será que ao começar a jogar, tendo o apoio da torcida, aquela sensação se dissiparia? Suava frio ao lembrar que poderia estar embarcando numa viagem sem volta. Nunca mais o campinho, as pipas na rua, o sarro nas garotas nos ônibus... O dinheiro, a realização profissional poderiam compensar tudo aquilo? Tinha sérias dúvidas. Glanderson fixava os olhos na janela, a estrada cortava uma infinita área cultivada, desmistificando sua imagem do que seria um país desenvolvido. Como pode a França ser primeiro mundo com tanta roça? Onde estão os arranha-céus, o tumulto, a turbulência típica de um lugar por onde o progresso passou? Aquilo mais parecia Goiás ou Mato Grosso. A diferença eram os castelos monumentais que por vezes apareciam beirando o rio. Isso não tem no Mato Grosso.

— Você vai gostar desse lugar, Glanderson.

— Hã? — despertou do transe.

— Isso aqui é maravilhoso. Calmo, silencioso, a maior paz. O último tiroteio que teve aqui deve ter sido na Segunda Guerra Mundial — comentou Berinjela, sem qualquer base histórica. — Aqui não tem guerra de tráfico como no Rio, nem balbúrdia de imigrantes como em Paris, nada que tire o sossego da gente. Você vai poder se concentrar na sua carreira, até porque não tem muito mais o que fazer. O povo é bacana, mas muito fechado, não gostam de puxar papo com estrangeiro.

— Ainda bem — respondeu. — Eu não ia ter muito o que dizer mesmo.

— E a mulherada, como é? — perguntou Ventania.

— Só tem camponesa. São muito caretas, não dão muita bola pra jogador de futebol, não. São umas brancas muito esquisitas, qualquer solzinho e ficam com as bochechas rosadas. E é cada lapa de bochecha!

— O quê? — quis saber Glanderson.

— Cada lapa de bochecha enorme.

— Ah, entendi outra coisa.

— É, mas essa outra coisa você só encontra mesmo é em Paris, Lyon, essas cidades maiores, onde estão as mulheres mais liberais, que curtem numa boa um negão. Aqui não é como no Brasil, onde as gordinhas assanhadas dão condição pro pessoal da nossa cor. Agora fica relax, Glanderson, não vai perder nada. O tornozelo delas parece um tronco de árvore de tão grosso, as mãos são ásperas e rachadas de tanto trabalho pesado.

— Chega, Berinjela, senão o garoto não vai conseguir dormir à noite.

— Com o silêncio e o breu que faz aqui, qualquer um dorme molinho. Mas eu invejo você, Glanderson.

— Me inveja? — surpreendeu-se com essa.

— Claro. Tua sorte, teu momento, tua juventude. Eu queria estar no seu lugar, chegando na França agora, na era do futebol globalizado. Você dá um peido aqui e sai em tudo que é jornal no mundo. Até no Brasil o pessoal tem notícias suas. Eu sou de outra época. Há trinta anos, quando eu vim pra cá, isso era praticamente um exílio. Você podia fazer chover dentro de campo e ninguém na nossa terra tomava conhecimento. Era um tempo em que o jogador que sonhava em jogar na seleção não podia arredar o pé do Brasil. Não tinha essa onda de convocar "estrangeiros" como hoje. Bastou eu saltar do avião para ser esquecido pela imprensa esportiva. Ao contrário de agora, que você só veste a camisa amarelinha se tiver dupla nacionalidade.

— É o que eu sempre digo pra ele, Berinjela — concordou Ventania. — Esse garoto é um privilegiado e não sabe.

— Mas ouvi dizer que aqui tem muito preconceito, é verdade?

— Nada! — rebateu Berinjela. — O francês não é como o inglês e o espanhol que xingam a gente de macaco, jogam banana nos estádios. O negócio deles aqui é ser contra judeu e muçulmano. Tem um pessoalzinho nazista espalhado por aí que se amarra em pichar mesquita e sinagoga só pra tocar rebu!

— Não é bem assim, Berinjela — Ventania explica o que sabe sobre geopolítica. — Já li nos jornais que os africanos são muito discriminados.

— Não é isso, é que os caras vêm lá da África querendo ser francês e, como eram das colônias, acham que têm esse direito, sacou? Mas fica relax, Glanderson, tu não tá querendo virar francês, certo, bicho? E não tem a menor chance de você ser confundido com africano. Tem uma grande diferença, que é mais ou menos assim, ó — faz um sinal com duas mãos indicando uns vinte e cinco centímetros. — Cada morcela humilhante, bicho! Tu ia ficar traumatizado, Japonês.

— Vamo parar essa conversa por aqui? — irritou-se Ventania.

— Que história é essa de japonês? — Glanderson estava intrigado.

— O quê? Vai me dizer que não sabe de nada?

— Não sabe e vai continuar sem saber — cortou Ventania.

— Ah, não! Você é empresário do garoto, não pode ter esse tipo de segredinho — ele se vira para Glanderson. — Ele nunca te falou por que abandonou o futebol?

— Ué, ele me disse que teve uma distensão na coxa ou uma torção nos dois joelhos e não pôde continuar.

— Você não mandou essa, Ventania!

Ventania não respondeu, estava emburrado, olhando pela janela.

— Vou te contar a verdade, bicho. Ventania era sempre o último a entrar no vestiário, chegava, tomava um banho a jato e, segundos depois, estava pronto. Nunca relaxava, nem ficava de papo com a gente. O pessoal começou a estranhar.

— E eu ia ficar conversando com homem pelado? Eu sou espada!

— Espada? Fala sério, Japonês. Tu é canivete!

— Como? — Glanderson gostou de saber.

— Canivetinho japonês, garoto! — caiu na gargalhada. — Uma vez ele se distraiu e foi fazer a barba com a toalha enrolada na cintura. Um engraçadinho passou e zás! Puxou a toalha. Ventania tapou o pau com a mão, mas podia ter usado só os dedos. Rá-rá-rá! Nesse dia, ganhou o apelido de Japonês.

— E eu achando que era por causa do olho puxado — zombou Glanderson.

— Puxado vai ficar o olho do seu cu, ô moleque atrevido!

— Calma, Japonês, deixa o menino! — Berinjela leva um tapão no peito mas não consegue parar de rir. — Moral da história: Ventania nunca mais pisou no vestiário. Chegava pra treinar com a roupa no corpo e ia embora tomar banho em casa. Um mês depois Ventania inventou uma contusão e nunca mais apareceu no clube.

— A contusão foi verdadeira, eu tenho o laudo até hoje.

— Esse laudo foi comprado, Ventania, pensa que eu não sei? Dr. Lauro, o fisioterapeuta, contou pra todo mundo.

— Filha da puta!

— Quem, eu ou o dr. Lauro?

— Os dois! Aliás, os três. Você também, Glanderson — Ventania tinha as sobrancelhas cerradas e meio quilo de beiço pendurado, prova de que não aprovou a brincadeira. — Afinal, tamos ou não tamos chegando nessa porra de Le Mans?

— Já tamos quase lá, bicho. Tá vendo, o papo foi ótimo, a gente nem sentiu o tempo passar.

— Até parece — respondeu Ventania, de cara amarrada. — Parece que a gente está há dias dentro desse carro.

— Ih, Ventania, relaxa. E desfaz essa tromba. Por falar em tromba... — Caiu na gargalhada novamente.

O estádio Leon Bolée estava vazio. Berinjela cumprimentou o porteiro demonstrando alguma intimidade. Os três percorreram as instalações. Glanderson estava visivelmente nervoso, parecia estar indo para um matadouro, agarrava-se às chuteiras como um turista se atraca à sua máquina fotográfica num passeio em Copacabana. O campo era muito bem tratado, a grama aparada, as arquibancadas impecavelmente pintadas nas cores vermelho e amarelo, como a camisa da equipe. Por motivos óbvios, Ventania evitou visitar os vestiários, queria enterrar aquele assunto. Berinjela deixou os dois tomando um refrigerante no bar do clube e saiu à cata de seu amigo Jacques. Voltou de mãos abanando.

— Que é que tá pegando, Berinjela?

— O Jacques. Combinei com ele de vir aqui hoje com vocês e ele não apareceu nem deixou recado. Vamos ter que voltar outro dia.

— Você tá brincando.

— Sério. Fazer o quê? Desistir? Nem pensar!

Glanderson gelou. Lógico que ele queria que tudo desse certo, porém suas experiências anteriores o deixavam de pé atrás. Não sabia se torcia para que tudo corresse bem ou se preferia que desse logo uma grande merda e Ventania desistisse dessa loucura.

— Bom, então vamos voltar para a pensão. Aí, você vem, se acerta com o teu amigo e quando estiver tudo beleza, a gente aparece.

— Que furada, bicho! Nem sei o que dizer pra vocês... Bom, o melhor é fazer assim como você tá dizendo, Ventania. Não dá pra ficar plantado aqui nesse bar esperando surgir o nosso anjo da guarda.

— Não acredito. Passei a manhã inteira ouvindo babaquice pra chegar aqui e dar com a cara na porta.

— Também não foi assim. O Glanderson conheceu o seu futuro estádio. Gostou do campo, rapaz?

— A grama é perfeita. Pena que eu não pude experimentar.

— Se quiser eu peço um pouquinho para viagem — sacaneou Berinjela.

Ao chegar na pensão, Berinjela esperou que Glanderson se afastasse para ter uma prosa em particular com Ventania. Apesar das coisas não terem saído bem na primeira tentativa, pediu um adiantamento para cobrir futuras despesas. Ventania não teve como negar: dependia dos contatos do amigo, estava completamente nas suas mãos. Berinjela promete se empenhar para encontrar o dirigente e voltar com uma boa notícia para o garoto, que lhe pareceu um tanto abatido. Mas futebol é assim mesmo, não é uma ciência exata. Ventania deveria ficar atento ao astral do rapaz.

4:29

Passaram-se três dias e Berinjela sequer deu um telefonema. Ventania tentava esconder sua preocupação do rapaz, mentindo que estava tudo sob controle. Inventou que a equipe saiu em excursão para amistosos pela região e que seu amigo estava na delegação junto com o dirigente. Para não perder a forma, Ventania obrigou Glanderson a fazer uma ginástica diária. Elegeu uma pracinha de Dourdan como centro de treinamento. Ali o rapaz se submetia a abdominais, flexões de braço, polichinelos e outros exercícios ultrapassados que faziam parte de seu surrado repertório. No fim da série, corrida.

Glanderson deveria correr pelas ruas da pequena cidade durante vinte minutos, parar, fazer um total de cinquenta agachamentos e depois retornar correndo para a mesma praça.

As ruas eram todas muito parecidas, com sobrados e casinhas antigas. Algumas possuíam um jardim caprichosamente cuidado e muitas vezes a velhinha que aparava os galhos parecia ser a mesma. Era difícil não se confundir, Glanderson sempre se perdia no labirinto e a volta acabava durando o dobro do tempo da ida. No final de aproximadamente duas horas estava exausto, sobrava pouca energia para se lembrar de Berinjela.

Assim como Glanderson, Ventania olhava o lugarejo e custava a se convencer de que aquilo fazia parte de um país desenvolvido. Fazia outra ideia de progresso, não associava a uma tediosa vila do interior da França. Ele até aceitava que houvesse casas tão antigas, mas algumas estavam muito castigadas, caindo aos pedaços. E o que o intrigava era a horda de turistas que descia dos ônibus de excursão e invariavelmente se postava na frente da mais caquética das moradias para tirar fotos. Que graça eles viam naquelas velharias? Será que registravam porque achavam maneiro ou era só para mostrar aos amigos e familiares que a França não andava com essa bola toda? Não é possível, a prefeitura tinha bala para derrubar umas cabeças de porco daquelas, construir um puta shopping e faturar uma bela grana desses turistas.

⚽

Os dois estavam a ponto de explodir de tédio. Não aguentavam mais circular pelas ruelas de calçamento irregular, depois sentar na frente da TV e ficar vendo as imagens sem entender uma palavra. Na semana seguinte Berinjela finalmente telefonou. Não tinha boas notícias. Seu contato no clube, o tal de Jacques, desapareceu depois que surgiram denúncias de corrupção. Ele foi acusado de fazer viagens para o exterior às custas do Le Mans, sem prestar contas das despesas.

— E justo agora na nossa vez resolvem moralizar o clube. É muito azar, bicho! — lastimou Berinjela.

— Bom, e o que a gente faz? — perguntou Ventania, impaciente.

— Calma, tá tudo chuchu beleza. Eu andei pensando numa solução, falei com outras pessoas lá no clube e acho que vai dar certo. Pode preparar o Glanderson. Amanhã ele começa no Le Mans.

— Como assim? Você me diz que seu contato saiu corrido do clube e, ao mesmo tempo, que o Glanderson vai começar?

— Amanhã eu passo cedo por aí, no caminho explico tudo.

No dia seguinte eles aguardavam na porta quando Berinjela chegou em sua lata velha.

Pediu mais um trocado para completar o tanque, Ventania liberou a contragosto. Na estrada, eles tentavam arrancar uma explicação de Berinjela que escapava mais escorregadio que baba de quiabo. Falava do tempo, explicava o que era plantação de trigo, onde ficavam os vinhedos, tudo para desviar a atenção dos dois. Até que, já chegando nas imediações do clube, começou a falar.

— Sabe, Glanderson, eu tô confiando muito nesse seu futebol. Acho que é só uma questão de oportunidade. Se alguém influente no clube estiver vendo você em campo, você é contratado na hora. Por isso, não é hora de se preocupar com status.

— Como assim, Berinjela? Essa não pesquei.

— É que... Como eu vou explicar? Bom, você vai começar por baixo aqui no Le Mans. Mas isso aqui não é Brasil, aqui se você tem talento, você sobe rápido e...

Ventania tenta traduzir, enquanto o outro estaciona o carro.

— Já sei, Glanderson. Ele tá querendo dizer que você vai começar na divisão de base e, depois de um trabalho forte, vai estar subindo pra equipe principal. Não é isso, Berinjela?

— É, mais ou menos por aí... — respondeu com um sorriso amarelo.

— Peraí, é ou não é isso?

— Ventania, eu preciso levar um papo particular com você.

— Fala aqui na frente do garoto, a gente não tem segredos. O único segredo era o meu apelido e esse você detonou.

— É um assunto delicado, eu te conheço há mais tempo e...

— Tá bom. Glanderson, vai tomar uma Coca-Cola — o garoto se afasta. — O que é que tá pegando, Berinjela?

— Ventania, é o seguinte: Eu descolei uma vaga na equipe...

— Na equipe? Que maravilha, meu irmão!

— Na equipe de funcionários do clube.

— Funcionários? Que porra é essa? Explica isso direito!

— É só uma passagem, um trampolim. Uma vez por mês os funcionários batem uma pelada oficial muito assistida pelos cartolas do Le Mans. Vários jogadores começaram assim. Até o filho do dono de um restaurante famoso aqui teve que passar por isso, e você sabe como francês puxa saco de dono de restaurante, hoje é o segundo goleiro reserva. Aí eu consegui essa vaga pra ele de funcionário. Eu sei que ele vem com aquela mentalidade atrasada de brasileiro, de que tudo é humilhação, mas não é por aí, aqui na Europa as coisas são bem diferentes. E qualquer emprego é digno por isso que...

— É vaga de quê?

— Bom, em campo ele vai escolher a posição, é uma pelada e...

— Mas o trabalho, o emprego, é de quê?

— É na faxina.

— O quê?! — Ventania deu um berro.

— Calma, bicho! É faxina, mas é coisa limpa, faxina leve nos escritórios.

— Puta que o pariu, Berinjela! Eu venho até a França pra botar o garoto de faxineiro! Que mico!

— Vai por mim, Ventania. É só até o fim do mês. Depois da pelada, esse menino vai estar em outra.

— O quê? Faxineiro?! — Glanderson quase engasga com a Coca. — Que papo brabo é esse seu Ventania? Lá no Brasil não preciso nem arrumar o meu quarto, minha avó é quem faz a minha cama. E aqui vou ficar limpando sujeira de gringo! Quando eu falei que ia descolar um emprego de boy o senhor disse que aquilo não era ocupação pra mim, que eu tinha talento, não precisava me rebaixar tanto. E agora, cadê todo o meu talento? Sou o rei da vassoura, o príncipe do pano de chão, o mestre dos detergentes, o terror do amoníaco! Sinceramente, não foi pra isso que eu vim pra França. Não foi mesmo!

— Calma, Glanderson. Eu entendo o seu lado. Esse Berinjela é um babaca, tirou a maior onda e não conhece ninguém, mas...

— Mas?

— Mas essa agora é a nossa única chance. É só você arrasar nessa pelada dos funcionários que você se livra da vassoura. Encara isso como uma coisa transitória. E ainda por cima, ninguém lá no Brasil vai ficar sabendo de nada disso.

— Puta que o pariu! Puta que o pariu! Puta que o pariu!

06:55

Desde que conseguiu uma vaga para Gabriel na escolinha de futebol, Uranos passou a desfrutar de uma relativa paz de espírito com a família. Conseguia ler seu jornal com calma na varanda de sua espaçosa cobertura na Barra sem ouvir reclamações da mulher ou do enteado. Este não chegou a morrer de paixão por ele, na verdade se mantinha indiferente. E indiferença, vindo de um garoto mimado e voluntarioso, era o maior lucro.

O ambiente sereno levou Uranos a arriscar uma prosa com Gabriel quando esse abriu a porta da sala suado e enlameado, vindo do futebol.

— Como é que foi lá hoje?

— Beleza. Fiz dois gols.

— Que maravilha! E você que nem sabia que gostava de futebol, hein!

— Como assim? — Gabriel estranhou. Não conseguia concordar com duas frases seguidas de Uranos. — Eu sempre fui ligado em futebol.

— É, mas se não fossem os meus contatos você estava aí jogando no playground até hoje.

— Por falar nisso, como é que você soube dessa escolinha?

— Na verdade eu nunca soube. E continuo sem saber. Fica em Madureira?

— Curicica.

— Isso. Foi um ex-funcionário meu quem indicou. O cara já foi jogador de futebol, hoje é um tremendo caça-talentos. Não é um aventureiro desses que tem aos montes por aí. O trabalho dele é de longo prazo. No momento ele está investindo num garoto que tem tudo para estourar na Copa de 2014.

— 2014? Falta muito.

— Uma estrela não nasce de uma hora pra outra não, rapaz. E, modéstia à parte, eu também vou tirar minha casquinha. Apostei umas fichas nesse cavalinho.

— Você? — surpreendeu-se.

— Claro, por que não? Tenho que diversificar meus investimentos. Só não boto dinheiro em drogas, fora isso... Esse garoto agora tá na França, em pouco tempo você vai começar a ouvir falar nele.

— Como é o nome dele?

— Glanderson — falou distraidamente.

— Glanderson? Acho que já ouvi esse nome — puxa pela memória. — Peraí, esse cara não era um daqueles pivetes que fuderam com o meu aniversário no ano passado?

— Hein? Como assim? — Uranos fecha o jornal, inquieto. Percebe que falou demais. — Tem certeza? Acho que não...

— É isso mesmo! Esse nome tá bem gravado na minha cabeça. Esse babaca é um crioulo que me sacaneou junto daquele bando de marginais que você arrumou pra fuder com a minha festa!

— A ideia não era essa — Uranos sentia-se sem boia num mar de ressaca.

— Foda-se que não era, mas foi o que aconteceu. E agora você vem me dizer que tá dando força pra carreira desse escroto!

— Ô menino, olha como fala comigo! Eu podia ser seu pai.

— Você, meu pai? Preferia ser abortado! — gritou Gabriel antes de deixar a sala e bater a porta do quarto.

Kátia entrava em casa enquanto os dois ainda discutiam.

— Crianças! Brigando de novo? Já não basta a violência da cidade, a gente chega em casa e é essa guerra!

Uranos larga o jornal e vai se servir de uma dose de uísque.

— Esse garoto, Kátia, ainda vai dar muito trabalho. Quem ele pensa que é pra falar comigo desse jeito? Não é assim que a banda toca!

— Você tem que ter mais paciência com meu filho, Uranos. O que é que foi dessa vez?

Ele toma um gole da bebida para uma pausa estratégica. Sabe que ali, dentro do apartamento que ele comprou e paga as contas, tudo que fala pode ser usado contra sua pessoa.

— Bobagem. Estávamos falando de futebol, de repente ele estourou, saiu batendo porta como se estivesse numa sala de aula.

— Eu fico cansada disso, sabe — larga as sacolas de compras e desaba sobre o sofá. — Minha dermatologista já falou, não adianta nada eu me encher de botox e depois passar os dias franzindo a testa de preocupação. Se vocês não se entenderem, como é que eu vou frear a ação do tempo sobre as minhas rugas?

— Você devia ter pensado nisso quando criava esse menino tão cheio de mimos, se achando o dono do mundo.

— O Gabriel não é diferente de nenhum outro garoto da sua idade.

— Da minha idade?

— Você é tão engraçadinho!

— Só tô querendo tirar as rugas da sua cara...

— Rugas? Onde? — Corre para um espelho. — E eu já te falei que não tenho cara, tenho rosto. Rostinho, se quiser ser gentil.

— Porra, mas eu hoje só tô dando furo. Impressionante!

08:31

Glanderson se sentiu ridículo de macacão vermelho e dourado — as cores do esquadrão "Sangue e ouro", como é conhecido o Le Mans. Fez questão de trabalhar calçando suas chuteiras, uma forma de nunca esquecer o propósito daquele sacrifício. Acompanhava com sua ginga o grupo de novos funcionários, africanos em sua maioria. Um francês de camisa branca e gravata fina ia à frente mostrando as instalações e designando quem deveria ser o responsável por cada setor. Não entendia uma palavra do que o homem falava, ficou mais tranquilo ao perceber que seus colegas de vassoura também boiavam nas explicações. Não era assim tão difícil deduzir o que se esperava de uma pessoa que portava um balde e material de limpeza. Glanderson ficou incumbido de dar conta dos vestiários com mais três contratados. E o puto do Berinjela jurou que era pra varrer escritório. Se a galera do campinho lá de Vicente de Carvalho visse uma coisa dessas!

Ainda pegava fama de manja-rola!

Ventania estava desolado. Saiu do Brasil como empresário de jogador, agora estava reduzido à figura de exportador de mão de obra barata, sentia-se quase um escravagista.

Botar para fazer faxina um garoto com aquele potencial. O que não diria o pessoal na barbearia do Aníbal? E seu Uranos, que está pagando toda a viagem? E dona Conceição, que está deixando de servir o leite morno do netinho toda noite? A notícia não pode vazar, pensava, alguém pode cogitar em pendurá-lo pelo saco num poste. Para isso tinha de acreditar que Glanderson apenas passava por um purgatório para em breve alcançar o paraíso. E ninguém chega ao paraíso de vassoura na mão.

Os dias se passavam e Glanderson odiava ter que pegar dois ônibus para chegar às sete da manhã na sede do clube. Odiava deixar Ventania dormindo na pensão, enquanto torcia para naquele dia ao menos não cair na escala da faxina dos banheiros. Sentia náuseas só de pensar em limpar privadas com merda de francês — a digestão daqueles queijos que deviam ser proibidos pela vigilância sanitária não produzia um resultado muito aromático.

Ficaria menos incomodado se estivesse dividindo a tarefa com o Ventania e aquele babaca do Berinjela.

As vezes em que era convocado para varrer as arquibancadas quase beijava os pés do chefe do setor. Além de um serviço mais leve, menos controlado, ainda tinha a vantagem de poder acompanhar o treino da equipe. E podia constatar, era um time bem ruinzinho.

Tirando o brasileiro mais uns dois ou três, o resto não teria vaga nem de gandula na pelada do seu campinho. Apoiava-se no cabo da vassoura e sonhava estar lá embaixo pisando na grama bem-aparada, mostrando o que sabia. Nesses dias voltava com um humor melhor e conferia no calendário quanto tempo ainda faltava para o tal jogo dos funcionários.

A saudade de casa apertou. Sentia falta do conforto do cubículo em que morava com a avó, da TV que pegava mal, porém fazia a gentileza de falar a sua língua, do leite morno toda noite, da galera sacaneando seu pé defeituoso. Nunca imaginou que fosse sentir falta disso, mas andava de saco cheio de ser invisível para aquele povo que fingia não ver sua marca registrada. Fazia questão de mancar ainda mais para ver se alguém reparava, e nada. Queria que alguém apontasse para seu pé, fizesse uma gozação, lhe pusesse um apelido, qualquer coisa menos aquele silêncio, aquela indiferença.

Decidiu escrever uma carta para sua avó. Rabiscou palavras amarguradas, relatando o que estava passando naquela terra estranha, a humilhação que era seu serviço. Rasgou tudo.

Preferiu não assustar a velha. Escreveu então que estava bem, que já estava num clube francês em período de experiência. Em breve faria um teste que daria acesso a equipe principal e logo estaria de volta ao Brasil, de preferência convocado para atuar na seleção sub-21. Disse ainda que sentia muita saudade de todos, mandava "um abraço aos amigos mais chegados e um beijo grande pra você, vovó". Ventania recebeu a carta para pôr no correio e tremeu nas bases.

— Que é que tu escreveu aí, garoto? Vai queimar o meu filme lá no Rio? — perguntou apreensivo.

— Bem que devia, sabe? — respondeu sem muita paciência.

— É, eu sei como você deve estar se sentindo, mas pensa quantos não queriam estar no seu lugar. Hoje de macacão, amanhã vestindo calção e camisa oficial — Ventania tentava levantar o moral de Glanderson.

— Não leva à mal não, seu Ventania, mas eu preferia era ficar no seu lugar, dormindo até tarde, sem ter de limpar merda de francês.

"O garoto tinha razão," pensou ele. "Mas não era hora para sinceridade."

— Não fica assim não, garoto. Se a gente estivesse no Brasil, a essa hora você podia estar servindo o exército — lembrou que ele seria dispensado por causa do aleijão no pé, mas não era hora para filigranas jurídicas. — Aí é que tu ia ver o que era merda, merda subdesenvolvida, merda de tropa, merda...

— Vai comparar merda agora, seu Ventania? Fala sério!

— É verdade, garoto. Falei merda — caiu-lhe a ficha. — Vamos mudar de assunto. Pensa que amanhã é o grande dia, o dia do jogo da rapaziada e você pode estar se despedindo desse macacão!

— Tomara, seu Ventania. Tomara.

Afinal, chegou o grande dia. Glanderson faria sua estreia na França. Estava nervoso. Não era exatamente o que sonhara, mas era alguma coisa. Estava escalado para representar o quadro de funcionários numa partida contra uma equipe de camponeses da região. Muitos funcionários, temendo por sua integridade física, abriram mão de disputar vaga no jogo.

Glanderson vestiu orgulhoso o uniforme dos funcionários, que tinha as mesmas cores do uniforme oficial do clube, diferindo apenas no escudo, que tinha uma vassoura e um rodo cruzados como se fossem espadas de um brasão. Calçou sua chuteira de estimação com carinho e entrou em campo. Não ouviu fogos ou gritos de guerra vindos da arquibancada.

Procurou apoio na torcida e viu Ventania e Berinjela sentados lado a lado acenando para ele. Não sabia se tinha algum dirigente do Le Mans assistindo a peleja, mas deu tudo de si desde que a bola começou a rolar.

Já na primeira jogada, tentou meter nas canetas de um agricultor largo como um trator e foi ceifado pela raiz, o juiz não marcou nada. Percebeu que teria de tomar cuidado para sair de campo apenas com os mesmos defeitos com que entrou. Minutos depois uma bola sobrou para ele na ponta e lançou de três dedos — na verdade, um e meio — para um africano parecido com o Etho'o do Barcelona. Ao contrário do craque catalão, seu companheiro de vassoura não soube aproveitar o presente.

Ventania cutucou Berinjela.

— O garoto é bom, hein!

— Grande bola! Que bolão!

— Será que os homens viram essa?

— A tribuna tá vazia, não sei se tem alguém graúdo vendo o jogo.

Aos poucos Glanderson foi se destacando. Jogava fácil, servia seus companheiros, batia os pesados camponeses na corrida, escapava das colheitadeiras de botinas que raspavam o gramado após suas pedaladas. O público se encantava com as jogadas que passaram a dar graça ao espetáculo. Glanderson custou a perceber que se referiam a ele quando gritavam "Allez, Brresíl!". Ventania registrava como podia com uma máquina fotográfica de bolso. O garoto estava enterrando sua invisibilidade, seus colegas buscavam trocar passes com ele, perceberam que "Brresíl" estava se firmando como o nome do jogo.

Sentindo-se em casa, narrava as próprias jogadas. Os próprios adversários passaram a respeitá-lo, evitando entradas afoitas para não levar dribles desconcertantes. Era a melhor atuação de Glanderson desde aquele jogo na Barra da Tijuca há pouco mais de um ano.

A partida terminou três a zero para o time da casa, três gols dele, com direito à coreografia comemorativa. Glanderson entrou no vestiário realizado, todos o cumprimentavam, sorridentes. Ele não entendia uma palavra do que diziam os franceses ou os africanos, mas recebeu os elogios com simpatia. Alguns queriam ver sua chuteira, seu pé sem os dedos virou estrela, comentavam, apontavam admirados. Ventania e Berinjela invadiram o vestiário para felicitá-lo, o empresário fotografava tudo.

— Não fotografa aquilo ali não, Japonês, tu pode ficar traumatizado — Berinjela apontava para um dos africanos que saía do chuveiro cuja ferramenta balançava na altura do joelho.

— Japonês é a puta que o pariu, Berinjela!

Glanderson quis saber se algum cartola acompanhou a peleja.

— Fica tranquilo, garoto — disse Berinjela. — Todo mundo na cidade vai ficar sabendo que você arrasou. Os funcionários são fregueses de caderninho dos agricultores. Aliás, são fregueses de todo mundo, nunca tinham ganhado nada.

— Então quer dizer que eu posso...

— Calma, meu filho — Ventania o abraçou paternalmente. — Não é hora de pensar no futuro, é hora de comemorar.

— Isso — completou Berinjela. — Vamos a um bom restaurante de um amigo meu que aceita fiado, quero encher a cara de vinho, enquanto você se entope de Coca-Cola!

Glanderson tomou seu banho, vestiu-se e deixou o vestiário sem olhar para trás. Apesar do sucesso, temia ser convocado para uma faxina.

Os três seguiram no carro de Berinjela até o tal restaurante, onde Ventania permitiu a primeira extravagância da viagem. Comeram todos os pratos, da entrada à sobremesa, dispensando apenas a tábua de queijos fedidos. Os dois secaram três garrafas de vinho, enquanto o garoto entornou meia dúzia de latinhas de Coca-Cola. Ventania pagou a despesa, sem gorjeta, pois não é otário de deixar gorjeta para primeiro mundo. Berinjela deu-lhes uma carona e aproveitou a euforia do momento para mais uma facada. Para isso Ventania continuava sendo bem otário.

12:32

Eram nove horas da manhã quando o empresário sacolejou o corpo de Glanderson. A princípio o chacoalhar misturou-se ao sonho e ele ainda se via nos ombros de torcedores que gritavam seu nome, enquanto outros reproduziam a dança da garrafa, sua coreografia após os gols. Os berros estavam cada vez mais altos, até que os perdigotos respingaram em sua orelha, Ventania vociferava a dois dedos do seu ouvido. Acordou sobressaltado.

— Ô moleque, eu tô há quase meia hora me esgoelando aqui. O que é que houve? Já passam das nove horas.

— O que é que tem? Pensei que tinha pendurado a vassoura com a atuação impecável de ontem — sua voz estava rouca, os olhos remelentos mal abriam.

— Tá maluco? Não é assim da noite para o dia que as coisas acontecem. Se apressa, vamos, ainda preciso de alguns dias para fazer contatos com a diretoria antes de você ser promovido.

Glanderson chegou de cara amarrada para o batente, mas foi desarmado pela cordialidade do porteiro e dos demais funcionários do clube. Todos abriam sorrisos ao vê-lo, apontavam para o seu pé e descreviam com as mãos as curvas de seus chutes. Seus companheiros de labuta facilitaram sua vida poupando-o das tarefas mais ingratas.

Sentiu-se mais leve, gostou do reconhecimento, porém não foi procurado por nenhum dirigente com um contrato na mão.

Ventania revelou as fotos, selecionou algumas para enviar para o Brasil. Despachou cartas para dona Conceição, para o barbeiro Aníbal e para o principal acionista do projeto, seu Uranos. Fazia questão de divulgar o sucesso do seu craque. Teria mandado fotos até para a imprensa, se conhecesse algum jornalista. Em seguida ligou para Berinjela. Queria colher os frutos da véspera, conforme combinaram. Não conseguiu localizá-lo. Partiu assim mesmo para o clube.

Na entrada cumprimentou simpaticamente o porteiro e seguiu caminho. O porteiro, porém, não o reconheceu, segurou a roleta e impediu sua passagem. Ele ainda forçou a barriga, mas o encarregado aguentou firme. Ventania desistiu de entrar, mas manteve o propósito de fazer ele mesmo contato com um cartola do clube. Sentou-se nos degraus da escadaria de acesso à entrada principal e passou a observar os veículos que chegavam ao estacionamento da diretoria. Até que um carro luxuoso, de vidros fumê, chamou sua atenção — seria um Renô ou um Pejô? Não importava, o certo é que só alguém graduado desfilaria num modelo daqueles — e estava claro não se tratar de jogador, esses entravam por outro ponto. Ventania levantou-se, esperou que a distinta figura saísse do automóvel e acionasse o alarme. O sujeito magro, de óculos escuros, terno sem gravata, parecia de fato importante pela forma como andava, seguro e sério. Ventania o surpreendeu.

— Messiê!

O sujeito deu salto atrás, assustado.

— Si vu plé, messiê. Querê parlê com messiê!

O homem não estava entendendo aquela língua estranha e demonstrava estar pouco à vontade com a abordagem.

— Jogadorê brasilerê! Glanderson, ouviu falê? Trabalhê no clubê! É faxinê e arrasê yesterdê! — arriscou o idioma.

O francês apertou o passo, Ventania acompanhou o ritmo e segurou pelo braço, como faria com qualquer mortal no Brasil. O sujeito entrou em pânico.

— Ne paniquê, messiê, ne paniquê!

A essa altura o homem já gritava por socorro, dois armários vestidos de preto surgiram da portaria e avistaram a cena.

— Só querê conversê, só querê conversê!

Acreditava que repetindo a mensagem acabaria compreendido. Ventania pôs a mão no bolso externo do paletó para sacar as fotos do jogo e desfazer o mal-entendido. Foi um erro, um grave erro. Os armários voaram sobre ele e o imobilizaram. Ventania foi jogado no chão antes que pudesse tirar a mão do bolso. Um terceiro armário puxou um celular.

— Calmê, pessoê! Calmê!

Nada do pessoal se acalmar. O suposto dirigente foi protegido do maluco, outras pessoas surgiram para assistir a cena. Nervosismo. Tensão.

— Qual o problemê, pessoê? Eu sê pacifiquê!

Ventania percebeu que a situação estava totalmente fora de seu controle, os armários sobre seu corpo estirado no chão, impedindo que levantasse a cabeça. Estava imobilizado. Ouviu a sirene da viatura policial que se aproximava em velocidade. Enfim, foi posto numa posição mais confortável: sentado no banco traseiro do automóvel com as mãos algemadas.

— Eu podê me expliquê, policiê! Peguê levê!

Ventania gastava inutilmente seu francês, ninguém lhe dava atenção. Estavam todos indignados com sua atitude, olhavam ríspidos para ele e pareciam comentar coisas do tipo "A que ponto nós chegamos!", "Não existe mais lugar seguro!", "É o que dá aceitar tanto imigrante assim!".

Os gendarmes entraram na viatura e dispararam para a delegacia.

Glanderson encerrou seu expediente mais leve que nunca. O calor humano, o reconhecimento público aliviou o peso do seu sacrifício. As coisas podiam mudar a seu favor, não era mais um zé ninguém, era o herói da partida dos funcionários e estes eram gratos a ele. Sentiu que tinha apoio do pessoal e isso lhe daria forças para alçar voos mais altos. Notou que seria importante continuar exercendo sua função por mais algum tempo, poderia se consagrar numa segunda peleja, quando bastaria pular o alambrado e cair no treino da equipe principal.

Era nisso que pensava enquanto caminhava do ponto de ônibus até a pensão. Estranhou o movimento anormal nas imediações do seu lar provisório, havia muita gente na rua para uma hora daquelas. Ao se aproximar viu que não eram só moradores locais, havia também policiais. O que será que houve? Assalto? Assassinato? Tá vendo, não existe mais lugar seguro, depois falam do Rio de Janeiro. Até nesse fim de mundo o crime já chegou. E parece que veio se hospedar na mesma pensão que ele.

— Messiê!

Um guarda barrou sua entrada. Viu o dono da pensão na porta fazer um sinal positivo para os policiais. Gelou. Estava sendo acusado de algo que não fez. E não saberia se defender sozinho. Procurou por Ventania na multidão. Nenhum sinal dele.

— Si vu plé!

"O guarda estava sendo por demais gentil para um suspeito. É bem melhor ser suspeito na Europa", pensou. Obedeceu quando o policial abriu a porta do automóvel e pediu para que se acomodasse. Rumaram para a delegacia.

Existem várias maneiras de se passear num país estrangeiro. A pior delas, sem dúvida, é dentro de um carro da polícia. Glanderson estava paralisado, assustado, mudo. Não sabia para onde estava sendo levado. E o que é pior, não ia saber se defender, se explicar, dizer que não foi ele, que ele não sabe de nada, que é inocente, ele passou o dia inteiro fora da pensão, trabalhando no Le Mans.

Glanderson viu que não precisava explicar nada. Eles sabiam de tudo da sua vida. Todos os seus pertences amontoados no canto de uma sala, um policial folheava seu passaporte. Sobre uma pequena mesa, estavam todos os documentos dele e, para seu espanto, os do Ventania. Glanderson não entendeu por que, mas ficou feliz. Pelo menos não estava sozinho nessa roubada, respirou aliviado. Mas logo a ficha caiu: com os dois presos, quem vai estar lá fora tentando tirar a gente?

No meio de tantas dúvidas, eles o levam para a cela do Ventania.

— Porra, seu Ventania, o que é que tá acontecendo? A gente tá preso? Por quê? Eu não fiz nada, o senhor tá de prova! Passei o dia no clube, nem fui na pensão. O que é que tá acontecendo, me fala, pelo amor de...

— Calma, porra! Devagar, garoto. Eu sei que é difícil ficar calmo dentro de uma cela na França, mas tenta! — gritou Ventania para se impor. Fez uma pausa. — Eu vou tentar te explicar o que aconteceu.

Ventania faz um resumo da sua trapalhada.

— ...Aí, depois que o chefão lá do clube mandou chamar a polícia, eles me trouxeram pra cá e ficaram me xingando das piores coisas possíveis.

— Como é que o senhor sabe disso? O senhor não entende nada de francês.

— Mas entendo de delegacia. Tu acha que existe algum policial que bota o cara em cana e não xinga ele das piores coisas possíveis?

— Tá bom, seu Ventania, mas e eu?

— Olha, você eu não sei. Mas eu fiquei pensando uma coisa.

— O quê?

— Eles podem estar pensando que a gente tinha um plano. Eu ataquei o cartola, mas antes você foi trabalhar lá para levantar a ficha do sujeito, coisas tipo que horas ele chega, enfim... esses caras, quando querem prender um crioulo ou dois, inventam um monte de argumento.

— Eu não acredito.

— Você não precisa acreditar, é um monte de mentira que eles juntam e...

— Eu não acredito que isso está acontecendo comigo! Justo agora que tava tudo dando certo! Não me leva a mal, o senhor teve a melhor das boas intenções, mas pô, desculpe a letra, mas o senhor fudeu com tudo!

— Que isso, garoto, isso aqui é um acidente de percurso, é mais uma história pra você ir guardando na tua cachola e no futuro, campeão do mundo, milionário, olha a puta história que você tem pra botar num Fantástico ou fazer um filme!

— Para de viajar, seu Ventania. A gente tá na cadeia, as coisas não costumam melhorar aqui não — Glanderson estava nervoso, apavorado e também puto da vida. — Porra, seu Ventania, o senhor que tá aqui pra resolver as paradas pra mim, bem agora que eu tinha me dado bem, o pessoal tava tendo a maior consideração comigo, já tava começando a gostar até de varrer. Limpar banheiro é uma merda, mas varrer até que ia, tudo bem, pelo sacrifício, entende? Pensando bem, preferia tá limpando banheiro do que tá aqui agora!

— Olha aqui, garoto. Tu vai dar lição de moral na casa do caralho, tá me ouvindo? — Ventania respeitou o desabafo, mas precisava pôr a conversa no seu trilho. — Eu errei? Errei, claro. Mas não foi por mim que eu tava ali. Era por você, entenda isso. Eu por mim, fico lá pela pensão. Mas me despenquei pra porta daquela merda pra cercar uma porra de um francês e dizer "tem um cara aí dentro que é bola, o Glanderson, seu funcionário, arrebentou no jogo de ontem". Pra isso eu tava ali. Tive culpa se o cara era um paranoico, um doente, sei lá, ninguém pode chegar perto da bicha que vira terrorista árabe, porra!

Glanderson não conseguia tirar a razão de Ventania, já tinha feito muito em dar sua opinião uma vez.

Os dois passaram uma noite de grande apreensão. Não sabiam o que estava por vir, não havia ninguém que pudesse lhes explicar exatamente o que se passava. Berinjela, seu único contato em toda União Europeia, sumiu, não atendeu o celular nem respondeu aos apelos deixados na sua secretária eletrônica de aparecer na delegacia para ajudá-los a sair da enrascada. Ventania deduziu o que parecia óbvio: Berinjela era um tremendo 171 e tinha seus motivos para se manter afastado de qualquer autoridade policial. Glanderson estava desolado. Viu-se a dois passos do paraíso, em seguida foi catapultado para o inferno.

A cela em que estavam era limpa, decente, ainda mais se comparada a qualquer presídio brasileiro. A baixa criminalidade da região resultava em poucos presos, a maioria imigrantes que praticaram pequenos furtos. Mas a dupla não estava pensando no conforto da cadeia. Sabia que as instalações não ofereciam o luxo e a mordomia encontrados nos castelos da região, mas não era por isso que eles queriam se ver livres dali. Ventania cogitava ainda se teria que pagar as diárias da pensão no período em que estivessem hospedados por conta da polícia.

No dia seguinte foram ouvidos pelo responsável pelo inquérito, na presença de uma funcionária portuguesa que fazia o papel de intérprete. Queriam saber quais eram os planos dos dois e por que pretendiam sequestrar o dirigente do clube. Eles negavam, os policiais insistiam na tese e perguntavam como Glanderson conseguiu infiltrar-se no quadro de funcionários do Le Mans. Foram ouvidos separadamente e não caíram em contradição. O objetivo deles era difícil de acreditar: conquistar uma vaga na seleção brasileira. As autoridades não conseguiam aceitar tal explicação, chegaram a achar que havia erro de tradução, mas a portuguesa reafirmou as declarações. O advogado do dirigente compareceu à delegacia. Ouviu o comissário de polícia dizer que os dois negaram a tentativa de sequestro do seu cliente e riu quando lhe deram a versão dos suspeitos. A estratégia lhe pareceu estapafúrdia. "Por que a seleção brasileira convocaria um faxineiro do Le Mans?", —era o que perguntava o advogado sem obter resposta convincente.

Enfim, surgiu uma proposta de acordo: o diretor do clube retiraria a queixa com uma condição: Glanderson e Ventania teriam de ser deportados da França.

17:43

As cartas de Ventania chegaram a seus destinatários e a notícia do sucesso de Glanderson na França se espalhou rápido como uma doença contagiosa. Dona Conceição mostrava orgulhosa o netinho em ação, suas freguesas invejavam a velha. Na barbearia, seu Aníbal pregou as fotos na parede e o ponto era visitado pelos moradores, enquanto ele anunciava que quem quisesse cortar o cabelo que entrasse logo na fila, pois quando o menino estourasse ele, que tinha uma participação no passe, fecharia o estabelecimento e passaria um ano viajando por Portugal, visitando parentes e conhecendo recantos da terrinha de que até então só ouvira falar.

Na Barra da Tijuca, o porteiro entregou a correspondência a Gabriel, que logo estranhou o envelope vindo de Dourdan, France. Não teve dúvidas, eram notícias "daquele crioulo que fudeu com o meu aniversário". Fez questão de entregar em mãos ao padrasto, criando para este uma saia justa.

— Você recebeu uma carta da França — disse, acenando com o envelope.

— Pra mim? Deve ser engano — percebeu do que se tratava e disfarçou. — Deixa aí na mesa que depois eu dou uma olhada nisso e, se for o caso, devolvo aos Correios.

— Engraçado. Pensei que Abílio Domício Uranos fosse você.

— E sou.

— Então não tem engano, é pra você mesmo — joga-lhe a carta. — Abre aí pra gente ver se não é sobre aquele neguinho filho da puta.

— E por que é que eu tenho que abrir minha correspondência na sua presença, rapaz? Isso é invasão de privacidade, sabia?

Kátia acaba de chegar de um shopping vizinho com sacolas de compras.

— Que bate-boca é esse? Será que que não se pode fazer compras em paz nessa casa?

— É o seu marido, mãe. Ele recebeu uma carta da França e não tá querendo abrir. Vai ver é de alguma amante dele — provocou Gabriel.

— Que história é essa, Uranos?

— Imagina, meu amor! Mal tenho forças para dar conta de você, pra que eu ia querer confusão com uma francesa fogosa?

— E como você sabe que ela é fogosa?

— Ela quem?

— A sua amante, oras! — Kátia estava perdendo a paciência. Gabriel se divertia com o tumulto.

— Kátia, querida, isso é intriga do seu filho. A carta é essa aqui, eu vou abrir pra você ver.

Rasgou o envelope, mostrou as fotos do jogo e de Glanderson no vestiário. Kátia não se lembrava dele.

— Que isso, Uranos? Anda recebendo fotos de rapazes agora? — gritou, surpresa. — Preferia que fossem da sua amante.

— Você leva tudo pra maldade. Não está vendo, esse aí é o Glanderson, aquele garoto do subúrbio que eu estou ajudando.

— Ajudando nada, mãe. Ele tá investindo na carreira desse pilantra que fudeu com o meu aniversário. Quando eu falo pra ele que quero ser jogador de futebol, ele desconversa, fala que depois vê isso. Agora, pra esse daí, arruma dinheiro pra mandar pra Europa! É muita injustiça, mãe!

— Gabriel, não apela. Você sabe que o seu negócio não é futebol. Isso não é coisa pra você, que teve berço — argumentou Uranos.

— Eu concordo, meu filho — Kátia fez coro com o marido. — Seu futuro está nos estudos. E o Uranos se comprometeu a pagar tudo, até a faculdade, se você não passar para uma universidade pública.

— Faculdade? — Gabriel quase teve uma reação alérgica. — E quem falou que eu quero ir pra faculdade? Não vou fazer vestibular nem amarrado. E se fizer, não vou passar. Imagina, passar um ano estudando feito um condenado pra depois virar calouro e passar o dia careca, com o corpo todo pintado, pedindo dinheiro numa esquina! Nem morto!

— O trote é só um detalhe, meu querido. Você não pode abrir mão de uma carreira por causa de uma brincadeira de estudante.

— Não vou, não vou e não vou! Eu já disse! — Saiu pisando forte e bateu a porta do quarto.

— Ah meu Deus! Como filho estressa! Tem um calmante pra mim, Uranos?

Ele abriu uma gaveta e tirou uns comprimidos, já estava habituado ao pedido. Quando Kátia saiu em busca de um copo d'água,

Uranos pôde apreciar com calma as fotos e o curto texto que as acompanhava.

Amigo Uranos,

Como vão as coisas, dotô?

Aqui na França, as coisas vão indo maravilhosamente bem. Demorei pra escrever porque estava esperando o momento certo pra lhe dar boas notícias. Glanderson tá se firmando aqui no Le Mans e em breve o Brasil inteiro vai ouvir falar do nosso craque.

Acho que muito antes do que a gente imaginava, vamos ver esse menino treinando na granja Comary, junto com Robinho, Kaká etc., vestindo a camisa amarelinha. Aí vou poder devolver tudo o que o senhor investiu com juros e correção.

Um abraço do seu sócio,

Paulo Ventania

"Minha amante, imagina só...", pensou enquanto revia as fotos, algumas do garoto em ação, outras da comemoração no vestiário, e epa! Que porra é essa? Ventania mandara uma foto tirada por engano da chuleba de um dos africanos. Uranos ficou intrigado. "O que será que ele quis dizer com essa foto? Bom, seja lá o que for, não estou nem um pouco interessado." Rasgou a imagem de péssimo gosto, guardou as outras na gaveta junto com a carta, e passou a chave para evitar outro escândalo do Gabriel.

21:50

Depois de mofarem dois dias no pior hotel do Loire, os dois foram retirados da gaiola e despachados imediatamente para o aeroporto. Tentaram mais uma vez fazer contato com Berinjela, mas o picareta evaporou-se, tinha faro para problemas. Ventania arrependeu-se de mencionar a palavra "delegacia" no primeiro recado, mas não teria como evitar, os policiais dificilmente o deixariam ir até a esquina encontrar-se com o ex-amigo. Agora não havia nada que Berinjela pudesse fazer por eles. Queria apenas ter a oportunidade de xingá-lo ao vivo, despejar uma chuva de palavrões sobre aquele salafrário que prometeu mundos e fundos, passou a mão numa boa parte da grana com a desculpa de cobrir despesas e, na hora do sufoco, sequer retornou uma ligação, tornou-se incomunicável, inencontrável, inxingável!

Glanderson não pensava em Berinjela, estava envergonhado demais por passar por uma situação tão vexaminosa. Depois de sonhar com dias de glória em que sairia dos estádios carregado nos ombros da torcida, tinha de encarar a realidade de ser carregado pela polícia para ser defenestrado do país sem que tenha feito qualquer coisa de errado. Não sabia como ia fazer para encarar os amigos, os vizinhos e principalmente sua avó, depois que estes soubessem de seu passado enjaulado. Ventania, entretanto, procurava minimizar o problema.

— Eu sei que não é agradável dormir na cadeia, mas também não precisa dramatizar, garoto. Foi por pouco tempo e ninguém precisa saber. Tudo que está acontecendo aqui pode ficar entre nós.

— Pro senhor tudo é fácil, tranquilo, nada é problema.

— Não é bem assim, Glanderson, eu tô cheio de parada pra resolver. Gastei toda a grana do seu Uranos e não vou ter como devolver, sem falar na pensão atrasada da Jurema que o seu Aníbal cobriu pra mim. Vou ter que me virar no Rio, mas não adianta ficar me desesperando, arrancando os cabelos. O negócio é pensar numa coisa de cada vez pra não me enrolar ainda mais.

— E já pensou no que a gente vai dizer quando chegar lá?

— Eu tô com umas ideias aqui, mas tudo vai depender de você.

— De mim.

— Claro, você tem de estar de acordo e entrar no jogo. Pode ser bom pra nós dois.

— A gente tá dentro de um carro de polícia, indo pro aeroporto pra ser chutado de volta pro Brasil. O que é que pode ser bom pra nós?

— Veja o lado bom das coisas, Glanderson. A gente ficou preso dois dias, acusados de tentativa de sequestro, ameaça à vida alheia, formação de quadrilha e outros bichos. Mesmo assim não tomamos um tapa na orelha, não levamos um corretivo pra abrir o bico e confessar coisas que não fizemos, não fomos entulhados numa cela apinhada de gente, o que seria supernatural lá no Brasil. Ou seja, estamos no lucro.

— Legal, vamos sair pra comemorar! — ironizou.

— Lógico que não é assim também. É chato passar por tudo isso? É, claro. O pior de ficar preso é ser maltratado e ficar marcado como marginal na sociedade. E, como já te disse, no nosso caso ninguém precisa ficar sabendo. Para todos efeitos, o que eles sabem lá no Brasil é que você tá no Le Mans, arrebentou na estreia e tá muito bem.

— Então por que eu resolvi voltar pra casa?

— Minha ideia é a seguinte: você não está de volta.

— Como assim? O senhor tá planejando fugir e ficar clandestino na França?

— Não, nós vamos embarcar. O motivo é que é outro. Vamos dizer que você se contundiu. Levou uma pancada violenta no tornozelo e está voltando para se recuperar. Isso é muito comum, já aconteceu com diversos craques. Você só confia em fisioterapeuta brasileiro e por isso nós embarcamos pra o Rio.

— O senhor acha que alguém vai acreditar nisso?

— Sabe mancar? — Glanderson balançou a cabeça positivamente. — Então o resto deixa comigo.

Ao chegarem no aeroporto, Ventania simulou uma queda. Foi ao chão e logo começou a gritar de dor, segurando seu pé direito. Os guardas tentaram acudi-lo, mas ele esperneou, gemeu, fez careta. Para isso serviu sua experiência de jogador. Sabia simular uma falta e fazer escândalo a ponto de provocar a expulsão do adversário.

Utilizou a mesma técnica e foi levado ao ambulatório do aeroporto. Não deixou que ninguém tocasse o seu pé, impedindo que um enfermeiro o examinasse. Por fim, através de mímica pediu para imobilizarem seu pé. Enrolaram várias ataduras e ele foi se acalmando, como se a dor estivesse sendo contida. Ao final, aliviado, pediu um copo d'água e ataduras extras para levar na viagem. Foi prontamente atendido.

Glanderson impressionou-se com a atuação do empresário, digna de um Gérard Depardieu.

Já embarcados, Ventania passou para a segunda etapa de seu plano: enfaixou o pé direito de Glanderson com as ataduras.

— Pronto. Este vai ser o seu sapato nos próximos meses. Não se esqueça de mancar. Nunca!

— Pode deixar, seu Ventania. Já tô sentindo a pancada. Aquele francês filho da puta! Ai! — Contorceu-se no assento do avião e simulou dificuldade para respirar.

— É isso aí, garoto! — Ventania sorriu satisfeito com a performance do seu pupilo. — Agora você tem a viagem inteira pra inventar como foi a jogada que te deixou nesse estado.

— Deixa comigo.

A aeromoça começou a apresentar os procedimentos de segurança aos passageiros. Ventania sinalizava para ela: queria iniciar logo os serviços, beber e comer tudo o que tinha direito até chegar ao Aeroporto Internacional Tom Jobim, no Rio de Janeiro.

23:40

Glanderson chegou em casa quando sua avó já tinha saído para recolher a roupa suja na casa das freguesas. Teve de entrar pela janela que tem o acesso facilitado por uma sacada. Tomou um banho demorado, fez um lanche rápido e se jogou desacordado na sua cama. Era a primeira soneca despreocupada desde que havia saído do país.

Dona Conceição abriu a porta e estranhou. Estava tudo calmo, mas teve a sensação de que alguém andara mexendo na sua casa. A cozinha tinha um armário aberto, migalhas de pão espalhadas na mesa, um copo com resquícios de leite. Ouviu a descarga disparada, foi até o banheiro consertar o defeito e viu pernas de um homem deitado na cama do netinho. Deixou a casa correndo e voltou com um vizinho que trazia um porrete para botar correr o invasor folgado. Segurou a tempo a mão do vizinho. Ela quase morre de susto ao ver que era o netinho. Glanderson quase morre tomando porretada, o cérebro virando purê de miolo.

Não respeitou seu sono. Obrigou-o a levantar-se e contar o que estava fazendo em casa, como foi a temporada na França, como conseguiu entrar ali, se pretendia voltar para o estrangeiro, por que estava com o pé enfaixado e, principalmente, como fez para comer numa terra tão distante.

Glanderson prestou seu depoimento misturando verdades e mentiras, saindo pela tangente na maioria das perguntas. Depois, escapuliu para dar sua primeira volta pelo bairro desde que chegou. Sua cabeça estava confusa, o raciocínio, que nas condições normais de temperatura e pressão não chega a ser brilhante, estava turvo, embaralhado.

Como ia contar o que se passou com ele lá fora? Será que alguém já sabia que ele saiu do Brasil pra ser faxineiro e voltou porque foi enxotado da Gringolândia? Sua avó o tratava como um ídolo, coitadinha, a saudade era tanta que ela estava cega, acharia o máximo mesmo que contasse que assassinou o presidente da França. Espantou-se ao ouvir falarem dele.

— Ei, aquele ali não é o neto da dona Conceição?

— Quem, o Glanderson? Não é possível. Você não ouviu falar? O cara tá jogando num time lá da França.

— É ele sim, só pode ser ele! Quer ver? Ô Glanderson! Glanderson!

Virou-se.

— Não disse que era ele!

Os dois estranhos se aproximaram.

— Ei, rapaz, o que você tá fazendo por aqui? Tá perdido?

— Eu, perdido? Morei aqui a vida inteira. Aqui nessa área eu tô em casa.

O que queriam aquelas pessoas? Por que tamanha simpatia?

— Mas rapaz, você não tava jogando na França?

— Tava, quer dizer, tô... — enrolou-se para responder.

— E como é que tu tá aqui, na nossa frente?

— Vim passar uns dias em casa.

— Sentiu saudades do nosso feijãozinho, do calor carioca, das mulatas, né?

— Não é nada disso, é que...

— Pessoal, olha só quem tá por aqui! O Glanderson — gritou o popular para quem estivesse por perto. — Quanta honra! Posso apertar a sua mão?

Ele estava surpreso com o interesse que estava causando. Quantas vezes passou por aquela rua, cruzou com pessoas como aquelas sem que lhe dessem a menor pelota.

Agora, numa simples caminhada, se viu cercado de curiosos, gente que nunca notou sua existência estava ali, querendo saber da sua vida, convidando-o para tomar uma cerveja.

— Desculpa aí, eu não bebo, falou?

— Ah, que isso! Não vai fazer uma desfeita dessas! Aí, enche o copo aqui do meu amigo Glanderson! Conta pra gente, como é essa coisa de jogar no estrangeiro?

— E a mulherada?

— Já deu pra ficar rico? Ou ficou rico sem dar? Rá-rá-rá!

Glanderson estava constrangido, sem saber o que fazer. Não entendia de onde vinha a súbita notoriedade, deviam estar confundindo-o com outra pessoa. Não estava disposto a encher a cara, nem a ficar dando conversa para quem não conhecia, e lá estava ele, sentado numa cadeira de plástico, um copo de cerveja esquentando na sua frente e um grupo que só fazia crescer em torno dele. Para sua sorte, as perguntas se acavalavam umas sobre as outras, de forma que não precisava responder nenhuma delas. Foi salvo por Ventania, que passava na esquina e foi convidado por um popular a conhecer o craque que chegou da França. Sua ficha levou uns quinze segundos para cair. A princípio achou uma tremenda coincidência ter um jogador da França ali, justo no dia seguinte que eles chegaram. Logo percebeu de quem se tratava.

— Glanderson!

— Ventania!

— Vem cá, rapaz, preciso falar com você.

— Dá licença um instantinho.

Aproveitou a deixa para se levantar e sair do meio do bolinho de curiosos. Ventania puxou-lhe pelo braço e falou-lhe entre os dentes.

— Manca, rapaz, tá esquecendo de mancar.

— Ih, é! — Começou a capengar. — Ainda bem que o senhor apareceu. Tava vendo a hora que ia ter que tomar cerveja e eu detesto aquele troço.

— Caraca, tu tá famoso na área, rapá! Eu te falei, uma viagem pro exterior muda a vida de um homem. E aí, falou alguma besteira?

— Nada. Eles só queriam perguntar, não queriam ouvir resposta nenhuma, não.

Eles foram se afastando sob os protestos da multidão.

— Ei, Glanderson, volta aqui!

— Conta mais.

— Ô Barrigudo, não monopoliza o cara, deixa ele conversar com a gente.

— Vem comigo — disse Ventania.

— Pra onde?

— Qualquer lugar longe dessa esquina.

Apressaram o passo até chegar na barbearia de seu Aníbal.

— Ó de casa! — Ventania anunciou-se. — Ainda tem vaga para um velho freguês?

— Jesus do céu! Ora que não é ele! Ventania em carne e osso! — seu Aníbal não se conteve de alegria. — E olhe quem está a entraire cá! O grande ídolo do bairro, Glanderson! Ora, isso é muita honra para esta casa!

— Oba, tudo beleza? — acenou tímido.

— Para com isso, seu Aníbal, assim o rapaz fica encabulado.

— Mas eu não estou a entendeire mais nada! Bastou eu recebeire a notícia de que vocês estavam pela Europa que os dois me aparecem aqui! O que houve? Não me digam que essas fotos eram boato! — Mostrando as fotos enviadas da França presas na parede por fita adesiva. Glanderson se aproxima da parede para se admirar nos instantâneos.

— Não era boato não, era verdade verdadeira! — respondeu Ventania.

— E o que os senhores estão a fazeire aqui? Não vão me dizer que vieram ao Brasil só para cortar o cabelo. Embora os barbeiros da França sejam tudo uma porcaria. Lá não tem barbeiro como cá, só cabeleireiro, e tudo umas bichonas, estou certo?

— É por aí, seu Aníbal, é por aí. Mas a gente tá aqui por uma outra razão. Glanderson levou uma pancada feia no tornozelo, recebeu licença pra se tratar, aí a gente resolveu ver como estão as coisas por aqui.

— Ah bom! E tu, garoto? Não falas nada, ainda entendes portuguêês? Conta alguma novidade para nós... Como é a vida de um craque brasileiro na França? Muitas cachopas?

— É, quer dizer, mais ou menos... eu ainda tava...

— Ele ainda tava começando, ganhando a confiança da comissão técnica pra ser efetivado na equipe — Ventania interferiu para evitar que Glanderson falasse alguma bobagem.

— Pois cá no bairro tu estás com tudo. Estão todos orgulhosos da tua carreira, garoto.

— É mesmo? — espantou-se.

— Ele ainda não se acostumou à fama, seu Aníbal, é uma coisa muito nova na vida dele. Sem contar que ele tá confuso.

— Confuso com quê, ó pá?

— Confuso horário. A gente chegou ontem de madrugada, passou muito tempo no avião, a hora lá na Europa é outra, a estação do ano é outra, é muita mudança...

— Tu tens razão, ó Ventania. E essa contusão, como arrumaste isso?

Essa resposta estava bem ensaiada.

— Eu tava sendo caçado em campo o tempo inteiro. Aí, numa jogada, eu tava perto da grande área, recebi a bola, dibrei o primeiro, quando eu limpei pra lançar um zagueiro entrou de carrinho bem no meu tornozelo. A dor foi tanta que eu apaguei na hora.

— O pior é que o juiz mandou seguir o jogo — Ventania pintou a cascata com cores fortes — E aplicou um cartão amarelo no Glanderson, que tava caído desacordado. Achou que era fita.

— Não acredito! Quanta injustiça, ó pá!

Os dois se olharam, cúmplices.

— Mas, bola pra frente. Agora nós estamos aqui, Glanderson vai se recuperar e em coisa de dois, três meses ele volta para assumir a posição.

— E em que posição estás a jogaire?

— Meia esquerda — disse Glanderson.

— Lateral direito — disse Ventania.

Ficou claro que essa não haviam combinado. Mas Ventania foi rápido e não permitiu que o barbeiro lusitano percebesse.

— Entrou como lateral para garantir a posição no time titular, mas taticamente exercia outra função. Mas eu já falei pra ele: se quer disputar vaga na seleção, tem que comer pelas beiradas, essas posições no meio-campo são disputadas a tiro.

— Lá isso é verdade.

— Bom, seu Aníbal. A gente tem que ir andando. Vamos dar uma passada na garagem da Viação, trocar umas palavras com seu Uranos que, afinal, foi quem bancou a nossa ida.

— Acho melhoire que tu combines outro horário. Hoje é quinta-feira, esqueceste? É dia do sequestro relâmpago, Uranos só estará na firma depois do almoço.

— Bem lembrado. Mais tarde então eu passo por lá com o nosso herói.

Ventania tinha o discurso preparado para seu Uranos. Tinha lhe mandado fotos, um recado otimista, mas não sabia como seria recebido num encontro "tête-a-tête".

Listaria dezenas de motivos para os gastos que consumiram toda a verba por ele liberada, explicaria que em futebol o resultado vem no longo prazo, culparia a grave contusão pelo atraso no cronograma da carreira do atleta, enfim, não faltavam desculpas para a situação ter chegado aonde chegou. Ventania só não contava com um detalhe: a simpatia de seu Uranos, que via as coisas por um outro ângulo.

Não esperava nenhum retorno em tão pouco tempo, sentia-se sócio de uma mina de ouro, uma jazida prestes a ser revelada ao mundo. Em seus negócios exigia precisão de centavos, mas na aposta no futebol se deixava governar por uma lógica romântica: cotava o preço do passe de Glanderson pelas notícias dos jornais. Se naquela semana um brasileiro foi vendido ao Real Madrid por 10 milhões de euros, Glanderson poderia sair por no mínimo uns quatro, cinco milhões; se um outro jogador foi comprado pelo Chelsea por 50 milhões de libras, por menos de quinze milhões de libras nem ouviria uma proposta. Depois, vinha a parte mais divertida da brincadeira: calcular quantas viagens de um de seus ônibus seriam necessárias para faturar o equivalente ao suposto valor do passe. Ao concluir que o coletivo teria de rodar por oito décadas, vinte e quatro horas, sem parar para abastecer, abria um sorriso e relaxava.

Ventania não tinha ideia dos momentos de alegria que o virtual passe de Glanderson já proporcionava ao ex-patrão. Uranos não tinha problema com dinheiro, nem era dado a hábitos extravagantes. O que ganhava com sua empresa de transporte era o suficiente para cobrir suas despesas e as da família, incluindo aí as compras e viagens de Kátia e o prejuízo da loja de perfumes importados que a esposa mantinha num shopping da Barra só para ter um assunto com as amigas.

Por estas razões Ventania não precisou abordar o tema espinhoso da grana gasta na viagem. Pelo contrário, viu abertura para mais uma mordida. E o melhor, não foi ele o primeiro a falar nisso. Conversaram sobre a viagem, sobre franceses e queijos fedidos, a cidadezinha do interior, as camponesas de panturrilhas maiores que as coxas do Roberto Carlos e a cascata da contusão. Glanderson, acanhado, falava pouco; Ventania falava pelos dois.

— É um povo muito esquisito, seu Uranos. O senhor acredita que, num restaurante lá deles, os caras, antes de me servir, botaram o vinho pra respirar? O senhor já ouviu falar nisso?

— É, na zona sul eles agora tão com essa mania também.

— Onde já se viu vinho respirar? Na boa, se eles botassem o pão pra respirar, eu não diria nada. Afinal, o senhor sabe que eles não são lá muito chegados a banho, né? E carregam o pão debaixo do braço e fora do embrulho, o bichinho só sobrevive ao bodum se prender a respiração, entende?

Seu Uranos se divertia com o relato, até que mudou o assunto e perguntou como eles iam fazer para sobreviver esse tempo sem salário.

— Eu tava até sem jeito de falar nisso, mas como o senhor tocou no assunto, eu vou ser sincero: a gente vai precisar de uma pequena ajuda de custo. Sabe como é, tem o tratamento, as refeições e...

— Tá bom, Ventania, eu já entendi — puxou um talão de cheques.

— Bom, já que o senhor tá com a mão na massa, podia botar uma gordurinha a mais aí nesse cheque? É que o Glanderson tá precisando comprar umas roupas também. Sabe como é, jogador é sujeito vaidoso, um jornalista vê o rapaz assim, vestindo esses molambos, não vai acreditar no potencial do nosso craque.

— Tá certo, tá certo. Isso não é despesa, é investimento. Mais alguma coisa?

— Olha, já que o senhor perguntou, eu não teria coragem de pedir assim abertamente, mas se não fosse muito incômodo...

— Não precisa pegar três ônibus pra falar, não. Vai direto no ponto.

— Essa coisa da imagem, seu Uranos, é coisa muito séria, o senhor sabe como as pessoas julgam os outros pela aparência, ainda mais alguém com a origem humilde como a do Glanderson...

— Bom, eu não posso pagar pra ele ter outra origem não, Ventania.

— Não é isso. É que... Eu fico até sem jeito... É que o Glanderson deve ser procurado pela imprensa europeia, eles devem mandar algum repórter acompanhar a recuperação dele.

— É verdade.

— Será? — o garoto duvidou. Recebeu como resposta uma discreta cotovelada do seu agente.

— Pois então. A gente vai querer que saia uma matéria sobre futebol, não é mesmo? E não mais uma reportagem sobre pobreza, violência, bala perdida.

— Onde é que você quer chegar com esse papo?

— É que eu acho que não ia ser bom pro nosso negócio se o Glanderson continuasse morando ali em Vicente de Carvalho.

— Que história é essa, Ventania? — Outra cotovelada, um pouco mais forte. Sinal para calar a boca.

— Craque que é craque mora na Barra, todo mundo sabe disso — continuou. — E como eu sei que o senhor tem um apartamentinho de bobeira, pensei que o senhor podia ceder provisoriamente pra nossa mina de ouro aqui.

— Você sabe tudo da minha vida, hein meu chapa? Realmente, eu tô com um apê livre na Av. das Américas, quase no Recreio.

— E o senhor pode ficar sossegado que o seu imóvel vai ser cuidado com carinho. Eu mesmo vou ficar lá com ele pra garantir que nenhuma besteira seja feita ali dentro.

— Seria bom mesmo, é um prédio familiar, de vizinhança conservadora.

— Ideal pra receber jornalista da Europa — comentou enquanto Uranos pescava as chaves na gaveta. — Só tem um probleminha.

— O quê? — perguntou Uranos.

— O quê? — repetiu Glanderson. Foi o primeiro a ser respondido, com a terceira cotovelada.

— Desculpe o abuso, mas o Recreio é meio fora de mão. O senhor não teria um carrinho que pudesse ficar com a gente por enquanto?

— Mas tu é folgado mesmo! — Virou-se para Glanderson. — Só tô fazendo isso tudo por você, garoto. Olha lá, hein, não vai me pisar na bola!

— Pode deixar, seu Uranos, palavra.

— Tem um Gol branco aqui na garagem, é da fiscalização, mas pode levar, o documento tá no porta-luvas.

— O senhor tem certeza de que não vai fazer falta? — Seu Uranos balançou a cabeça negativamente. — Bom, então...

— Então você já vai indo, né? Mais dez minutos e você vai pedir a minha mulher emprestado.

— Como o senhor adivinhou? — A pressão de Glanderson foi a zero. — Brincadeirinha, é claro.

— Quase te dou um tiro agora.

— Que isso, seu Uranos. Pra nós não vale isso... — Já se levantando e abraçando o mecenas. — O senhor tá sendo um pai pra nós.

— Tá maluco de ter filho feio assim!

Os três riram. Ventania saiu carregado de cheques e chaves, Glanderson acompanhou encabulado.

— Não tenho como lhe agradecer, seu Uranos. Posso passar aqui às terças?

— Pra agradecer?

— Não, pra encher o tanque na bomba aqui da garagem.

— Vai ser folgado assim na puta que o pariu!

Ventania entrou no automóvel com Glanderson, foram reconhecer o apê. Glanderson estava emburrado com o abuso do amigo.

— Sorria, Glanderson, você está na Barra!

A caminho da nova moradia, Glanderson pediu para dar uma parada no campinho. Queria reencontrar seus velhos amigos. Estavam lá Chaveirinho,

Zulu e Miruba. Olharam com desconfiança a aproximação daquele carro, mas logo viram Glanderson na janela.

Fizeram a maior festa para o sumido.

— E aí, cracaço? Quando é que vai dar a honra de bater uma bolinha com a gente? — brincou Miruba.

— Por enquanto, tô de molho. Vetado pelo departamento médico — mostrou o pé enfaixado.

— Pô, os caras lá também descem o cacete! — comentou Chaveirinho.

— Tu quer o quê? — rebateu Zulu. — Pra ganhar em dólar tem que aguentar umas porradas.

— Aí Glanderson, paga umas cerva pra gente, vamo botar o papo em dia.

— Fica pra outra hora. Agora tô com pressa, vou ver minha nova casa.

— Nova casa? Vai deixar a gente?

— Vai morar aonde? — Zulu quis saber.

— Na Barra.

— Caralho! O cara tá rico mesmo! — Chaveirinho se chocou com a resposta.

— Não é bem assim, galera... Depois eu explico.

— Precisa explicar nada não. Mas é o seguinte: quando tu for queimar umas carne lá no teu apê, não vai esquecer dos amigos! — cobrou Zulu.

— Pode deixar.

— Eu quero ser convidado pra primeira suruba que tu armar lá, combinado?

— Que mané suruba, rapá, é prédio de família.

— E desde quando prédio de família deixa morar crioulo?

A rapaziada caiu na gargalhada, enquanto Glanderson mancava de volta para o carro.

31:10

O apartamento estava em boas condições. Ficava num condomínio com sauna e piscina, embora não fosse luxuoso. Era um imóvel pequeno, dois quartos e uma sala que se prolongava numa apertada sacada com vista para a Av. das Américas e alguns canteiros de obras onde os tapumes prometiam o nascimento de mais uns prédios de alto luxo. Ao lado da promessa, a realidade: uma pequena favela crescia num ritmo mais acelerado que os apart-hotéis. Cada unidade pronta para morar era entregue ao proprietário muito antes que a concorrência. A vizinhança da favela fazia a dupla se sentir mais em casa. Ali tinham certeza de que teria uma birosca servindo um bom feijão a um décimo do preço de qualquer restaurante da região.

Os dois mudaram-se imediatamente para o novo endereço, onde praticamente passaram a viver acampados. Providenciaram dois colchões, uma TV, um som portátil, pratos, talheres e algumas panelas, o suficiente para a sobrevivência de dois machos que não pretendiam ser prendados. Ventania estava excitado com a moradia em bairro tão nobre, Glanderson um tanto apreensivo com a novidade; Ventania parecia ter nascido ali, Glanderson temia ser despejado a qualquer momento sem que houvesse qualquer razão para isso. Estavam empurrando uma mentira com a barriga e, se dependesse da barriga do empresário, a mentira iria longe.

Um certo dia, Glanderson saiu para ir à praia, que ficava a uma boa caminhada dali. Era a primeira vez na vida que alcançava a passos a praia do Recreio dos Bandeirantes.

Durante toda sua adolescência aquela praia estava a duas horas e meia de uma viagem que incluía dois ônibus lotados com baldeação em Cascadura. A areia fina estava deserta, apesar do sol escaldante. Pouca gente tinha tempo livre para passar uma quarta-feira qualquer de bobeira em frente ao mar, apenas uma dona muito boa tostava sobre uma toalha estendida. O mar lançava com violência ondas enormes que vinham se formando desde a África. Glanderson não tinha peito de enfrentá-las, preferiu sentar-se na areia e apreciar à distância a bela bunda da dona estirada numa tanga. Também não tinha coragem de se aproximar dali: a segurança e tranquilidade da gostosa solitária levavam-no a crer que era protegida de alguém muito poderoso.

É tudo muito perigoso na Barra da Tijuca. Resolveu caminhar junto ao mar, onde a areia é mais dura, observando os praticantes de surfe, kitesurfe, windsurfe, gente dourada e saudável com aparência de quem está com o boi na sombra. Na sombra dos prédios que formam uma muralha à beira-mar, todos com suas varandas. Não entendia para que tanta varanda se não via um morador ali curtindo a vista, apenas domésticas praticando um outro esporte radical, que é limpar vidraça pendurada do lado de fora, sem nenhuma proteção. A praia é extensa, ele poderia andar o dia inteiro sem chegar a lugar nenhum. E foi o que fez, aproveitando que não havia ninguém para quem precisava fingir que estava mancando. Voltou quase à noitinha, com as pernas doídas.

Depois de ter de explicar ao porteiro que estava hospedado ali, subiu pelo elevador de serviço, devido aos trajes de banho. Uma música alta e animada crescia à medida que se aproximava da porta. Como não tinha a chave dos fundos, tocou a campainha, esmurrou a porta, gritou pelo amigo por mais de vinte minutos. Até que a porta se entreabriu.

Ventania pôs o olho e parte da barriga sem camisa na fresta limitada por uma corrente de segurança. A zoeira aumentou.

— Abre isso aí.

— Hã?

— Abre aí que eu quero entrar, Ventania.

— Ih, Glanderson, agora não vai dar.

— Como assim? — perguntou Glanderson, sem entender por que foi barrado.

— É que eu tô com visita.

— Visita? Como assim?

— Bem, eu aproveitei que tinha o dia livre e chamei umas meninas pra conhecer a nossa casa, entendeu?

— Não entendi não, Ventania. Eu preso aqui fora porque você tá com visita aí dentro. Deixa eu entrar pra conhecer as garotas.

— É meio complicado, as meninas já tão de saída.

— Porra, Ventania, então você aprontou uma suruba no apê do seu Uranos!

— Que isso, garoto, fala baixo!

— Ninguém vai ouvir nada com o som ligado nessa altura. Por que você não me avisou nada?

— Não tem suruba nenhuma, só eu e três meninas. Não te falei nada porque sabia que você não ia concordar, ia ficar com cagaço de dar merda, ia acabar melando a parada.

— Sacanagem! Deixa eu entrar, libera uma mina dessas aí pra mim.

— Tá maluco, pode queimar o teu filme! Eu não tenho nada a perder, mas você tem toda uma carreira em jogo.

— Que mané carreira! Eu tô é no maior atraso, quero entrar aí e cair matando.

— Nada disso. Faz o seguinte: desce lá pra sauna, dá um tempo que quando você voltar vai estar tudo certo, tudo arrumadinho, como se nada tivesse acontecido.

— Isso vai acabar dando merda, Ventania. E se o seu Uranos ficar sabendo?

— Ficar sabendo como? Eu não vou contar, você vai?

— Eu não, mas...

— Então não tem perigo.

Ouve-se uma voz feminina: "Guerreiro, vem logo, vem!"

— Guerreiro?

— Tô indo, amor! — grita. — É meu nome de guerra. Agora desce, vai, desce lá que eu já tô acabando aqui.

Fecha a porta, Glanderson volta ao elevador resmungando para si mesmo. Esse Ventania é um sacana, um escroto. Como é que faz uma coisa dessas com um amigo? E justo nesse apê, se não fosse eu ele nem tava aqui, mesmo assim me deixa de fora. E o que aquele barrigudo de pau pequeno vai fazer com três garotas? Aposto que não tá dando conta nem de uma.

Glanderson chega ao parque aquático do prédio. A sauna está ligada, ele fica suando sozinho no cubículo, o calor vai dissipando a raiva. Ele sai para tomar uma ducha.

Enquanto isso, a festinha de Ventania chama a atenção de um vizinho, que aciona o síndico e exige que ele chame a polícia. Glanderson resolve aproveitar e tomar logo seu banho. Começa a se ensaboar. Está com o corpo coberto de espuma, com a mão dentro da sunga fazendo o asseio das partes íntimas, quando uma senhora de meia idade chega de roupão para dar um calor às celulites e leva um susto ao ver um negão de sunga cheio de sabão. Não sabia que havia negros morando ali agora, muito menos que eles pudessem frequentar a sauna no mesmo horário que ela, uma senhora de família. E como se não bastasse estar na sauna, o sujeito ainda ficava se esfregando de maneira pornográfica. Um absurdo. A senhora não sabia o que a chocava mais, se era o fato do rapaz ser negro, se era porque ele estava ensaboado, se era porque estava ensaboando o que não devia ou talvez por tudo isso acontecer ao mesmo tempo e na sua frente. Por essa razão, quando a polícia invadiu o prédio à procura de desordeiros, ela não teve dúvidas em apontar para o negro ensaboado. O síndico apareceu e confirmou. É ele mesmo. Promoveu uma orgia no apartamento e no intervalo desceu em trajes mínimos para disseminar a imoralidade nas áreas comuns do condomínio.

O tumulto tomou conta do edifício. As amigas de Ventania que estavam no elevador prontas para ir embora foram detidas e colocadas ao lado de Glanderson, ainda ensaboado. Elas negaram qualquer envolvimento com ele, mas ninguém lhes dava ouvidos. Eram garotas de programa? Sim. Estavam no apartamento ocupado por Glanderson? Sim. Então não havia o que discutir. Ventania conseguiu escapulir. O rapaz se defendia aos gritos de "não fui eu, não tenho nada a ver com isso, isso é um engano".

Inútil. De sunga, espuma seca espalhada no corpo, na companhia de três moças de vida fácil, qualquer argumento se dissolvia e corria para o ralo. A confusão atraiu fotógrafos de porta de delegacia. Os flashes registraram o desespero do ensaboado. Meia hora mais tarde, Ventania, devidamente vestido, surge como representante legal do rapaz. Alega que está havendo um grande mal-entendido, que seu cliente, um jogador de futebol de férias no Brasil, nada tem a ver com as moças, que não há provas de indecência contra ele. O síndico fez pressão, mas Ventania negociou um acordo com os policiais e o episódio foi varrido para debaixo do camburão. Restou apenas a foto, publicada na manhã seguinte num diário sensacionalista logo abaixo da manchete: "Craque surubeiro flagrado em orgia na Barra da Tijuca."

34:36

Glanderson não assustou sua avó quando entrou pela janela às três da manhã. Toda noite desde que partiu dona Conceição se prostrava na janela e ficava de olho no morro do Juramento mentalizando um desejo a cada bala traçante que riscava o céu como uma estrela cadente. Desejou que ele voltasse para casa. Nunca lhe pediria uma coisa dessas, seu menino já era criado por vó, tinha consciência de que não podia fazer drama ou corria o risco de ter um neto boiola. Mas desde que ele viajou para o estrangeiro sentia falta de ter para quem preparar um leitinho morno toda noite. Ela mal havia adormecido quando a janela abriu. De manhã, encontrou o marmanjo estirado na cama. Agradeceu a Deus por ter ouvido suas súplicas e preparou a mesa do café no maior capricho para ele ter noção do que estava perdendo. Antes de sair para a labuta, escancarou a janela do quarto dele.

Imaginou que o netinho devia estar com calor, pois dormia só de sunga.

Glanderson acordou com o sol entrando rachado pela janela fulminando sua cara no colchão. O sabão ressecado, misturado ao suor da tensão, colava na pele formando uma inhaca que talvez só dissolvendo com soda cáustica e raspando com caco de telha. Como estava com tempo, foi tentar uma chuveirada. A crosta barrenta corria para o ralo e a lembrança do pesadelo que viveu voltou a assombrá-lo. "Esse Ventania," pensou, "é só encrenca. Nem o deixaram tirar o sabão ou ao menos esfregar uma toalha no corpo."

Queriam a humilhação, o ridículo, o mico-leão-dourado, já sabiam que ia ter imprensa. O pior foi ter levado a culpa sem ter comido ninguém, sem ter conseguido sequer um boquete, uma punhetinha que fosse.

Gabriel jogou um exemplar do "Povo Popular" na mesa do café da manhã, sobre as torradas de Uranos, que espantou-se com um jornal que só via circulando na oficina da empresa, não imaginava que fosse distribuído nas imediações de seu condomínio. E de fato não era, Gabriel tomou emprestado ao porteiro.

— Que isso?

— Não sabe ler?

Uranos abriu o jornal que logo sujou de tinta seus dedos. Quase engasgou com a torrada ao ver o destaque da primeira página.

— Seu amigo até que ficou bem na foto.

— O Glanderson é incapaz de uma coisa dessas. Isso tá me cheirando a armação — tentou desconversar.

— E o endereço, será que a polícia inventou também? Botaram o daquele teu apê que tava vazio. Quer dizer, eu achava que tava vazio, mas tô vendo abriram um puteiro lá.

— Ô rapaz, olhe os termos!

— Ah, então você gosta de classe, educação. Será que as meninas são universitárias?

— Não me amola, garoto. E quer saber? O apartamento é meu, eu empresto pra quem quiser. Empresto, dou, taco fogo e ninguém tem nada a ver com isso.

— Ah é? Deixa a minha mãe ficar sabendo disso!

— Ficar sabendo do quê? — Kátia aparece de camisola e já maquiada. Uranos nunca a vira de cara limpa. — Não acham que tá cedo demais pra vocês brigarem?

— Tá é tarde demais pra gente se entender, mãe. Olha aí — mostra-lhe o jornal. Kátia não reconhece Glanderson, mas considera a foto repulsiva. — Não tá vendo quem é? Aquele neguinho que o teu marido protege.

— Nossa, que horror! Que mau gosto, quanta baixaria!

— Isso aí não é nada, querida, é mais uma armação pra vender esse jornaleco vagabundo.

— Ele faz questão, mãe, faz questão de desculpar tudo o que aquele crioulinho faz!

— Ô moleque racista!

— Gabriel, meu filho, olha como fala! Os pretinhos também são gente. Agora, Uranos, isso aqui é um escândalo indefensável.

— É só pra me provocar, mãe. Ele sabe que eu odeio esse cara, aí libera geral. A senhora lembra quando eu pedi pra dar uma festinha naquele apê? Foi o maior jogo duro! Agora o neguinho vai pra lá, monta um bordel e tudo bem. Assim não dá!

— Quer saber de uma coisa, garoto? Você tem raiva do Glanderson porque ele é bom de bola e você é um prego!

— Prego é o cacete!

— Prego! Pereba! Perna de pau!

— Velho! Esclerosado! Brocha! — Sai batendo as portas.

— Que história é essa de brocha? Você falou alguma coisa pra ele, Kátia?

— Me inclua fora dessa briga, Uranos. Hoje, não. Tenho que fazer uma aplicação de botox e você sabe como eu fico tensa nesses dias.

Na barbearia, seu Aníbal não tinha outro assunto com quem sentasse em sua cadeira.

Relia a notícia para quem não conhecia e mostrava as fotos. Estava chocado. Seu problema não era o escândalo nem o bacanal. Não conseguia entender por que um sujeito da categoria de Glanderson, com passagem em clube europeu, pegou umas piranhas tão chinfrins. Na casa da patroa, dona Conceição desmaiou quando viu a foto do seu netinho cheio de sabão. Não quis acreditar nos próprios olhos, jurou que não era ele, até que a pressão baixou e tudo escureceu.

Glanderson foi buscar solidariedade no campinho. Chegou mancando, com o pé direito enfaixado.

— Tu é o maior traíra, rapá! — acusou Chaveirinho. — Como é que tu apronta uma festinha daquelas e nem chama os amigos?

— É isso mesmo, sacanagem! — outros fizeram coro.

— Peraí, galera, não foi bem assim, deixa eu explicar...

— Já tá todo mundo sabendo, não tem mais como esconder, Glanderson — falou Zulu.

— Aliás, tu tava bonito naquela foto, hein! — provocou Cabeção. — Todo branco, parecia até o Michael Jackson.

A rapaziada caiu na gargalhada.

— Tu podia ter chamado a gente pra mordomia, mas pra nós não rolou nem um churrasco — espetou Chaveirinho.

— Nem carne grelhada, muito menos carne grelada — Zulu completou.

— Pessoal eu tô dizendo, não fui eu que organizei aquela parada, juro!

— Agora já era. Tu queimou teu filme com a gente.

— Que isso, galera, eu tô dizendo que...

— Deixa de conversa, Glanderson. Tu deixou a gente chupando dedo — falou Zulu. — Mas tem um jeito de você voltar a ficar bem no nosso conceito.

— Como assim?

— Eu ouvi as gatas aqui da área comentando esse teu lance. Elas ficaram malucas. Tu era todo travado, de repente aparece no jornal no meio da maior surubada. Pô, tá assim de mina por aí a fim de ficar com você.

— Sério?

— Claro, meu irmão! Pô, tu é jogador, tá famoso, solteiro e se amarra numa sacanagem, quer coisa melhor pra essa mulherada? Daí que tu vai adiantar o nosso lado. Tu vai no ensaio da Acadêmicos de Vicente hoje e vai ficar na nossa mesa. Tu vai ser nossa isca de xoxota, valeu?

— Fechado.

36:20

Encerrado o treino em Curicica, Gabriel procura o instrutor para se aconselhar.

— O que houve, Gabriel, que cara é essa?

— Professor, eu tava precisando falar como senhor.

— Pode se abrir, meu filho.

— É que eu tô aqui com o senhor já tem algum tempo e gosto muito daqui da escolinha, mas eu tava querendo voar mais alto.

— Você sabe que aqui não tem aula de asa delta.

— Não é isso. Bom, eu acho que o meu futebol evoluiu muito desde que eu vim pra cá. E agora tava querendo seguir carreira.

— Você tá querendo virar profissional, Gabriel? — O treinador foi pego de surpresa. — Olha, garoto, você tá muito novo pra pensar nessas coisas. Tá na hora de curtir a vida, ir à praia, brincar com seus amiguinhos — ele tenta desconversar. — É uma vida muito dura essa de jogador de futebol, ainda mais pra você que sempre teve tudo do bom e do melhor.

— Não me importa, eu quero correr atrás. Eu abro mão de qualquer coisa pra mostrar lá em casa que não dependo de ninguém pra bancar a minha vida.

— Ô Gabriel, fica frio, rapaz. Por que tu não negocia um aumento de mesada? Daqui a pouco você tá na faculdade, aí é só se formar e viver numa boa como advogado ou médico.

— Faculdade, eu? Nem morto! O senhor não tem nenhum contato com um agente, um empresário, alguém que possa me encaminhar?

— Isso aqui é um clube recreativo, nós aqui não profissionalizamos ninguém. Mas se você fizer questão, eu conheço um cara muito bom nessa área.

— Pô, se o senhor puder me apresentar a esse cara, vai ser show.

— Tá aqui, ó — ele anota o número num pedaço de papel. — É só deixar recado nesse número que ele retorna pra você. É um sujeito muito boa praça, você vai gostar dele.

— 'Brigadão, professor!

Gabriel avança empolgado sobre o papel, aperta a mão do seu treinador e corre para o carro, sentando-se ao lado do motorista. Ao abrir o papel, lê o número e o nome do tal agente.

— Paulo Ventania. Puta que o pariu! Que merda!

38:03

O verão aquece a temporada de ensaios nas escolas de samba do Rio. É hora de popularizar o samba que a comunidade vai apresentar no desfile da Sapucaí, de atrair gente para compor as alas, de voltar a ver as passistas que deslumbram o mundo na avenida e que desaparecem depois do desfile das campeãs. Ninguém sabe onde elas são estocadas até a temporada seguinte. É hora de tentar pegar uma delas antes que um turista alemão jogue o seu puçá. A rapaziada do campinho segurou uma mesa em local estratégico: de frente para o salão, próximo da entrada para ver quem está chegando.

Zulu, Chaveirinho, Miruba, Cabeção e Orelha formam uma comissão julgadora e dão notas para cada mulher que cruza a pista.

— Olha aquela ali: pra mim, é dez!

— Porra, Cabeção, tu tá cego e no atraso. É no máximo uns seis e meio.

— Seis e meio pra cinco, Miruba.

— Tu comia?

— Comer eu comia qualquer uma que tá aqui no galpão, menos aquela lá, ó.

— Por que tu não comia aquela, Orelha?

— É a minha irmã, pô!

— Então eu começava por ela.

— Ih, ó só, chegou a ala "Desastre de trem em noite de Natal": não tem coisa mais feia que aquilo — Chaveirinho apontou um grupo de cinco mocreias que acabara de ingressar na festa. — A da ponta de lá é nota cinco ponto um: cinco caipirinhas e um engradado de cerveja pra encarar.

— Cerveja quente. E choca! — completou o exigente Zulu, o pessoal cai na gargalhada.

Glanderson abre caminho na multidão até chegar na mesa dos seus amigos. Por onde passa, chama atenção, afinal foi destaque do noticiário local da semana. As pessoas o apontam, comentam, riem ou reprovam, ninguém lhe é indiferente. Ele sente o peso da fama, mas finge não ser com ele. Entretidos com a avaliação das mocorongas, nem percebem a aproximação dele.

— E aí, rapaziada!

— Ô Glanderson, chegou na hora certa. Olha ali o pessoal que o Orelha tava de olho.

— Ih é ruim, hein, eu não achei meu pau no dia das bruxas — ele tira o corpo fora.

— Senta aí, Glanderson, paga uma rodada e deixa a mulherada ver que você tá com a gente. Quem sabe não chove na nossa horta.

— Olha lá, galera, é muita responsa em cima de mim.

— É verdade. É muita coisa nas costas dele — sacaneia Zulu. — Deixa de frescura, cara, dá uma geral, as minas ficaram assanhadas com a tua chegada, não param de apontar pra cá e cochichar. Quem diria, hein Glanderson, que um dia a gente ia ficar na tua cola pra descolar mulher.

— Eu é que não levo a menor fé nesse papo, pra mim cês tão tudo maluco.

— Cara, tu é a atração da nossa mesa, se liga! Ali aquele gado, já tá dando condição.

Um grupinho de garotas avaliava o público-alvo e a mesa do campinho tinha grande potencial. Uma delas não tirava o olho de Glanderson. Era Vulviane.

— Aquele ali que é o tal de Glanderson? Até que ele tá uma gracinha.

— Uma gracinha? Só porque andou jogando na Europa? Pra mim continua com a mesma cara de mané de sempre, Vulviane. Tesudinho é o Zulu, olha só que negão charmoso.

— Charmoso e galinha. Tem jeito de ser o maior seboso — previu Vulviane. — Se for pra ter alguma coisa mais séria, eu sou mais o Glanderson. Tem cara de mané, mas tá bem de vida.

— A Vulviane tem razão. Nada melhor pra uma mulher do que um mané. O sujeito não dá trabalho, o mundo pode dar em cima dele que ele nem nota e ainda te trata feito rainha só porque ficou com ele. Agora, esses espertinhos acham que a mulher é quem tem que bajular eles, fazem questão de mostrar que tão com você mas podem voar pro puleiro de outra a qualquer momento.

— Realmente, o Glanderson é um santinho, né? Você viu o jornal hoje?

— Não, o que é que tem?

— Aquela lá é a Vulviane? Ela emagreceu, hein — comentou Glanderson.

— Não acredito, moleque! Tanta gostosa dando mole e tu vai mirar na Vulviane? Aquilo é um canhão de uso exclusivo das forças armadas, cara. Tu agora é famoso, pode sonhar com coisa melhor.

— Se é pra sonhar, então dá uma olhada naquele monumento que tá dançando lá no meio da pista. Que bunda, meu camarada! — Glanderson estava chapado, a bunda se destacava no salão, evoluía, girava, gingava, parecia efeito especial.

— Tira o olho, tira o olho! Aquela é a mina de fé do Luisinho 9mm, o dono do morro — avisou Zulu.

— E o que é que tem olhar? Olhar não tira pedaço, rapá.

— Essa mina é maior isca de micro-ondas, fica provocando pra ver quem embarca. É só se engraçar com ela que o Luisinho manda assar, tô te avisando.

— E quem falou em embarcar? Tô só olhando, não vejo qual pode ser o problema. E quer saber? Se eu tivesse um troço desses pra mim... — falou Glanderson.

— Ia dividir com os amigos! — arriscou Cabeção.

— É ruim, hein!

— Ah, ia, tu podia não saber, mas ia dividir — neguinho riu.

— Deixa eu completar, seus babacas! — Glanderson falava sem tirar o olho da pista. — Eu tô dizendo que se eu tivesse uma mulher dessa eu botava pra desfilar pra todo mundo babar, não ia deixar trancada em casa...

— Pra que trancar, sempre pode chegar alguém e arrombar, né?

— É claro que eu ia tá na cola, mané. Não ia deixar solta, de bobeira pra rapinagem.

— É, você do lado é uma tremenda garantia.

A noite seguiu seu curso natural. Zulu se destacou e logo estava amassando uma das passistas. Os outros apontavam, elogiavam, criticavam, mas nada de partir para o ataque.

Glanderson também não tomava nenhuma providência, para distrair a vista apreciava o mulherão do traficante, mas ela parecia não tomar conhecimento da sua existência. Tinha vontade de ir falar com Vulviane, mesmo consciente de que não era a melhor pedida da noite, mas não tinha coragem de enfrentar a pressão dos colegas de mesa. Faltava-lhe poder de decisão. Chegar junto, falar uma merda qualquer no ouvido delas e ver no que vai dar, chamar pra dançar, pra tomar uma Coca, pra ir lá fora. Decisão. A palavra circulava dentro de sua cabeça sem encontrar um neurônio que a convidasse para entrar.

Um atacante não faz carreira sem ter essa palavra tatuada no cérebro. A amarelada em momentos cruciais pode selar um destino medíocre, ele tinha consciência disso, o que não o fazia tirar a bunda da cadeira e ir lá falar com a mina. Quem quisesse dar pra ele tinha que chegar sem calcinha, abrir sua braguilha e sentar em cima sem trocar uma palavra. Se perguntasse "Posso?" ouviria um "Sei lá, talvez, mil coisas". Não queria pagar mico e dava vexame por não querer dar vexame.

Orelha, Cabeção e Chaveirinho resolveram se dedicar ao álcool. Chaveirinho já não estava achando a ala "Desastre de trem em noite de Natal" essa tragédia toda. Eram duas e meia da manhã, o baile quente, quando Glanderson jogou a toalha. Para ele a noite já não rendeu o que tinha para não render. Viu-se cercado de babacas com a cara cheia de cerveja, só ele ficou no guaraná. Cabeção ferrou no sono com a cabeça apoiada na ponta da mesa, Chaveirinho também estava desacordado depois de seguidas idas ao reservado não se sabe se para mijar ou vomitar, Orelha conseguiu ficar ainda mais chato e mais burro que o habitual.

Não falou pra ninguém, mas iniciou sua estratégia de retirada. Começou recolhendo as melhores impressões do baile para ter no que pensar na hora de se deitar. E as três melhores impressões de toda a noitada estavam localizadas nos peitos, na bunda e nas coxas dela. O que estava ao seu alcance era registrar os detalhes daquele corpo intocável e irretocável, salvá-los na lembrança e ao chegar em casa, botar o laptop pra fora da calça e baixar os arquivos.

A gostosa do Luisinho evoluía solitária no meio do salão. Mas não estava solta, era observada do camarote. O garoto tinha razão, o marginal curtia ter seu patrimônio admirado pelo povão, gostava de exibir sua delícia como quem ostenta grossos cordões e pulseiras de ouro. Pena que sua condição de procurado o impedia de apreciá-la na praia, todos os homens se entortando para vê-la ao passar. Estranho prazer esse flerte com a cornitude. E ela fazia o jogo, consciente de que bastaria um passo em falso para ir tomar a bênção pessoalmente a papai do céu. O samba comia solto, os ritmistas suavam e sangravam os instrumentos para dar a cadência da noite. Glanderson não tirava o olho dos atributos da preta alourada, estava babando com o rebolado de madame 9 Milímetros, memorizava as últimas particularidades da escultura quando seus olhos se cruzaram com os dela, ela sorriu maliciosa, ele não conseguiu desfazer a cara de babaca, ela se retirou, sumiu na muvuca.

Um garçom se aproximou de Glanderson e entregou-lhe um torpedo. Este desdobrou o papel e leu o recado escrito com letra feminina: "Quero te ver lá fora. Uma admiradora."

Instintivamente procurou em volta para ver de onde poderia ter partido o convite, nenhuma pista. Tentava imaginar que gata de iniciativa era essa que o chamou para o sereno, o garçom não deu o serviço. Concluiu que só uma mocreia agiria assim na encolha, se escondendo atrás de um recado anônimo. De qualquer forma, não era hora para uma seleção rigorosa. Levantou-se, passou no toalete, aliviou-se e foi à luta. Saiu do galpão olhando para os lados, querendo descobrir quem o convidava para brincar.

Pensava em como as mulheres andam ousadas atualmente e estava resolvido a chutar a insegurança pra escanteio e partir pra dentro fosse qual fosse o visual da mina, não dava para ficar escolhendo uma Cinderela a noite toda. Além disso, seus amigos ficaram lá dentro, o que daria margem para mentir à vontade.

Para sua surpresa uma voz masculina o chamou. Puta que o pariu, um viado! Enganou-se.

Da sombra saiu um garoto magro, de short, camiseta regata e um volume na cintura que não parecia ser seu pau. Não era.

— É tu que é o Glanderson? Aí, a chefia quer falar contigo.

— Quem?

— Quem é muita gente. Cala a boca e obedece. A ordem é te levar pra sala de visita lá na laje. Vem comigo.

42:20

Glanderson tremeu e acatou o comando. Acompanhando o garoto, subiu uma rua que logo se transformou em viela descalçada, desviou do fluxo do esgoto a céu aberto que descia na contramão, as casas com luzes acesas foram rareando, a qualidade do material de construção dos barracos foi baixando, de parede pintada passou a tijolo sem reboco, daí a tapumes de madeira, folhas de zinco, placas de Eternit, pedaços de outdoor.

Chegaram num ponto alto do morro do Juramento, de onde se podia avistar toda a Vila da Penha, Vila Cosmos, Tomás Coelho e o Engenho da Rainha. Glanderson não viu nada disso, apenas a porta do barraco onde outros garotos de armas pesadas nas mãos e mochila com munição no peito faziam a guarda.

— Senta aí e espera.

Foi posto num cômodo com uma cadeira de plástico em frente a uma mesa escolar e uma cadeira de escritório estilo giroflex surrada. Sentou-se na de plástico. Ouvia vozes e risos dos homens que trabalhavam no cômodo ao lado. Não saberia precisar quanto tempo se passou até a porta voltar a abrir. Era Luisinho 9mm. Não o conhecia, mas nas circunstâncias a apresentação era dispensável. Chegou escoltado por seus soldados, alguns encapuzados não se sabe se por necessidade ou se para amplificar o clima de terror.

— Então é esse o famoso Glanderson — pontificou o bandido.

— Sim, senhor, sou eu.

— Claro que é você, porra, como é que ia me enganar? O homem da bola, que tava no estrangeiro e chegou há pouco de fora. Rá-rá-rá.

Todos os funcionários riram junto. Glanderson se deu conta do trocadilho ("chegou a pô-o-cu de fora") mas não teve forças pra rir.

— Tu tá famoso na área, né? Quase tão famoso quanto eu. Só que tu pode circular, tirar onda na Barra, ir à praia, andar de avião. É maneiro andar de avião?

— É, sim senhor — afirmou respeitoso.

— É, deve ser. Ver o mundo pequeninho lá de cima, tomando um uisquinho, passando a mão na bunda da aeromoça... Os único avião que eu conheço é esses daí, ó. — Apontou para seus funcionários. — Nem dá vontade de subir neles. Rá-rá-rá.

A claque marginal acompanhou, Glanderson se manteve mudo.

— E as estranjas é de responsa mermo, hein? Europa, França, Paris... Tu manja tudo né não? Tudo limpinho, civilizado, buceta a rodo, tudo liberado, não é assim?

— Mais ou menos. Não deu pra conhecer muita coisa não.

— Não vem de caô pra cima de mim, rapá. Eu sei que tu é ligado numa boa vida do cacete, se amarra numa sacanagem, tá sempre armando suruba, certo? — Luisinho fez uma pausa. — Vou te falar uma coisa: tu tem bom gosto, hein.

— Quem, eu?

— Eu tava te filmando lá no ensaio. Tu não tirou o olho da minha mina — Glanderson gelou. — Também, um mulherão daquele evoluindo no salão não tem como não olhar, né? Tá na tua razão. Ainda mais tu, que é famoso, tua atenção valoriza a moça. Se tu não olha, ela fica sentida, começa a pintar paranoia na cabeça dela. "Por que só os pé rapado olham pra mim? Será que tem alguma coisa errada comigo? Ai, tô ficando traumatizada!"

— Que isso, seu Luisinho, não tem nada disso não senhor! É sério, eu juro!

— O problema não é olhar pra minha mina, rapá. Eu tenho mulé boa é pra todo mundo ver, todo mundo babar, todo mundo invejar mêrmo, sacou? Mulé minha tem mais é que chamar atenção, é que nem vitrine de joalheria: tu sabe que não é pro teu bico mas dá aquela paradinha pra admirar. Olhar, tudo bem. O problema tá no tempo. Quando o sujeito olha demais, aí é o caso de comer chumbo, virar peneira, assar no micro-ondas. Uma coisa é dar valor na mercadoria, admirar o patrimônio e lembrar que é do papai aqui, outra coisa é ficar secando a gata do fodão da área, no caso, a minha pessoa.

— Ô seu Luisinho, tô falando com sinceridade, eu nem sabia que era a sua mina, é verdade, e eu só olhei porque o meu olho esbarrou, mas foi sem querer, eu juro.

— Foi tempo demais, garoto. Assim tu me desmoraliza na praça.

— Que isso! Eu tô falando que não queria vacilar com o senhor. Com todo respeito, a mina é maravilhosa, mas se o senhor quiser, eu esqueço tudo que eu vi — Glanderson estava confuso e assustado. — Agora, se o senhor acha que eu errei, o que é que o senhor quer que eu faça pra passar uma borracha nessa história?

— Não precisa passar a borracha não. Aqui quem passa a borracha é nós. Passa a borracha em volta do vacilão, joga querosene e taca fogo.

Glanderson gelou. Estava nas mãos do traficante, ninguém podia fazer nada por ele.

Seus amigos nem sabiam onde ele se encontrava, ia morrer sem se despedir da vozinha, sem ter jogado profissionalmente, sem nunca ter vestido a camisa canarinho da seleção, talvez nem tivesse um enterro, acabaria fundido com a borracha dos pneus do micro-ondas. Estava arrepiado de pavor.

— Sabe que tu me deixou bolado? — Luisinho 9mm agora falava num tom mais amistoso. — Verdade. Porque se tu não baba quando vê uma gata minha é porque ela não é especial. Agora, se tu vê uma gata especial e não se toca que ela é minha, aí complica. Eu tenho que ter certeza de que todo mundo sabe reconhecer as minhas mina. Assim se o otário dá em cima dela ele sabe que tá brincando com o perigo, tá ligado?

— Tô sim senhor, mas... — insistia no tratamento cerimonioso, apesar da pouca diferença de idade.

— A gente vai fazer um joguinho. Se tu ganhar, vai embora. Agora, se tu perder... O jogo é o seguinte: vou mandar entrar três mina. Aí tu vai escolher uma pra tu comer aqui na minha frente. Mas tem um detalhe: uma delas é do meu harém particular, as outra tão liberada. Agora, a parada é a seguinte: tu não pode ficar a fim da minha mina, tá ligado? Se tem uma coisa que me deixa puto é neguinho querendo comer as minha mina. Olhar, tudo bem, não arranca pedaço, mas querer comer, aí já é diferente. E tu não quer me deixar puto, quer?

— De jeito nenhum, seu Luisinho, de jeito nenhum!

Não sabia se era verdade ou se era um trote. Não podia arriscar. Ninguém no barraco abria o bico, todos estavam atentos ao gerentão da boca que dava as cartas. Luisinho 9mm gostava de ser o STM — Supremo Tribunal do Morro.

— Esse joguinho foi eu mermo que inventei — dava pra ver no rosto do marginal o orgulho da criação. — É parecido com a roleta russa, né não? Por isso que o nome dele é roleta buça. Roleta buça! Muito bom esse nome, né não?

— É — a resposta quase não saiu.

— Que é que tá rolando, camarada, tá fraquinho, com falta de ar? Tô botando uma xoxota na tua mão e tu fica nesse desânimo! Para com isso, rapá! Aí, vamo direto ao assunto. Só relembrando: são três, uma é minha. Tu escolhe, se acertar, dá uma foda nela, não pode brochar! E vai embora. Se perder... Ah, tu não é besta de perder, né não? Vamo nessa! Pode entrar as mina.

A porta do cômodo se abriu, três meninas entraram cabisbaixas em fila indiana, trajando apenas um shortinho micro, as mãos tapando os peitos. O chefão ligou o som portátil e com um sinal ordenou que elas fizessem uma coreografia funk na batida do CD proibidão.

Luisinho e seus comparsas se divertiam com a situação constrangedora. As garotas não estavam à vontade e Glanderson tremia. Mesmo só tendo visto três garotas gostosas e seminuas em vídeos pornôs, as circunstâncias não favoreciam um nível de paudurecência satisfatório. Seu destino seria traçado por seu dedo indicador que, pelo menos, não teria problemas para atingir uma ereção cem por cento e apontar uma delas. Tinha duas chances em três de sair dessa com uma bela história pra contar, com um bom capítulo para sua biografia, caso se tornasse um ídolo. Havia a probabilidade, porém, de apontar para a xoxota errada.

As meninas se requebravam mas mantinham a cabeça baixa, olhando para o chão, nenhuma delas dava uma pista, nenhuma delas trocava olhares cúmplices com Luisinho para que Glanderson a descartasse. Teria de contar com a própria sorte e esta não tinha estado muito do seu lado, seria melhor se pudesse tomar emprestado a sorte de um amigo.

Eram três gatas deliciosas que ele nunca tinha visto, do tipo que não se encontra em supermercado; eram coisa fina, de delicatéssen. Ainda assim, ou talvez por isso mesmo, queria sumir dali, acordar do pesadelo, ouvir alguém revelar que tudo não passou de uma pegadinha que vai ao ar no próximo domingo na TV. Estava demorando para escolher, Luisinho não tinha pressa, não tinha outro compromisso, não precisava sair pra invadir outra boca — o estoque de munição estava em baixa. Três garotas, seis belas coxas, seis peitos, um piercing no umbigo, uma tatuagem na virilha, uma feridinha no joelho, uma preta, uma quase branca, outra quase preta. Glanderson quase escolhe, recua, observa mais. E aponta. Seja o que Deus quiser.

— Aquela ali.

— Qual delas?

— A da ponta direita, a de piercing.

Luisinho faz suspense, os soldados fazem silêncio. Glanderson espera o veredito.

— É, garoto. Tu não é bobo não. Tu sabe escolher, tá ligado? Tu realmente tem bom gosto. Bom gosto até demais. Tu escolheu a minha mina, rapá!

A neguinha reagiu.

— Que história é essa, Luisinho, tu não jurou que tava comigo?

— Ih, se enxerga, minha filha, esse homem é meu! — discordou a escolhida.

— Peraí que ele é meu também! — a branquinha entrou na roda.

Começou um bate-boca entre elas, cada qual querendo puxar a brasa para o seu bacalhau. Glanderson achou que o jogo seria anulado. Luisinho deixou que elas se estranhassem, sentia-se bem como objeto de desejo tão disputado, mas interveio quando a coisa parecia descambar para agressão física.

— Silêncio no canil! — Elas se calaram no ato. — Quem manda aqui sou eu! Eu é que digo quem é a mina da vez e não adianta querer fazer pressão. Cês num tão vendo que eu tô num desenrolo sério aqui com o jogador? — Virou-se para os soldados: — Aí, tira as mina da área.

As garotas foram empurradas para fora da sala.

— Como é que tu tem coragem de querer comer a minha mina, mané? Eu não te falei que eu não gosto disso? Ainda se lembra o que é que eu disse que faço com quem quer comer a minha mina?

— Peraí, seu Luisinho, eu não tive escolha, as mina são tudo do senhor, qualquer uma que eu apontasse eu ia tá errando.

— Tu tá dizendo que eu roubei na roleta buça, mané? Que papo é esse? Eu sou bandido mas sou honesto. Tu é que escolheu a mina errada, e agora vai pagar pelo teu erro. Tu perdeu, cumpadi, perdeu!

Luisinho 9mm gritou irritado, as pernas de Glanderson não aguentaram seu peso e ele desabou.

43:38

Quando voltou a si, Glanderson estava estirado no chão do barraco. As garotas não estavam mais lá. O traficante continuava sentado em sua giroflex, impassível. Por um momento chegou a duvidar se tudo aquilo aconteceu ou se teve um pesadelo. Mas não estava na sua caminha com seu copo de leite morno na cabeceira. Achava que podia disfarçar a angústia e a ansiedade por não saber o que estava por vir, mas os olhos arregalados diziam tudo.

— Tá nervoso, mané? Pensou que tinha morrido? Pode relaxar, tu ainda tá no planeta Terra.

— O se-senhor va-vai me ma-ma-tar?

— Te mamar? Que papo é esse?

— Me matar! Me matar! — esclareceu com firmeza para não haver confusão. Preferia mesmo morrer a ter um sujeito mal-encarado daqueles com a boca em suas partes.

— Ninguém vai te matar não, meu chapa. Eu preciso de você vivo.

"Fui sequestrado." deduziu ele. "Agora ele vai pedir um resgate milionário e ninguém vai ter como pagar." Glanderson sabia que o marginal estava por trás dos sequestros de seu Uranos, era uma prática que ele dominava bem. Só não sabia por que um sujeito que comanda uma atividade tão lucrativa como as bocas daquela favela iria se meter com sequestro.

Glanderson não sabia muita coisa sobre Luisinho 9mm. E a principal delas era que seu negócio não ia tão bem assim. A concorrência tinha crescido muito, assim como o achaque policial, reajustado com frequência. O movimento não era como o de tempos passados, quando seus aviões aterrissavam carregados de papelotes e mutucas no asfalto e levantavam voo cheios de notas de reais. Era tanto dinheiro que ele nem se dava ao trabalho de contar, separava em sacos e pesava, como se fosse a própria mercadoria.

Transformara um cômodo do QG em cofre e ali estocava os pacotes de cinco quilos de cacau. Foi o auge do seu poder no morro. Projetou sua popularidade bancando médico, cesta básica e material de construção para as famílias mais pobres da comunidade.

Instituiu um eficiente programa bolsa-escola: dava um salário mínimo para quem colocasse seus filhos na escola e se descobrisse que alguém estava recebendo com o filho matando aula, botava a família pra correr do morro sob o risco de irem todos pra vala.

A situação agora era bem outra. As constantes guerras entre quadrilhas, as frequentes trocas de comando na repressão ao tráfico aumentaram as despesas e encolheram as receitas. Boa parte da clientela deixou de subir o morro por conta da violência, o mercado encolheu, hoje se restringia aos moradores da comunidade e um ou outro mauricinho desavisado. O resultado foi uma bruta dívida com os fornecedores, um buraco difícil de tapar. O baixo giro de capital levou o gerente a contrair empréstimos, ele que estava habituado a contrair apenas doenças venéreas. Passou a recorrer a sequestros relâmpagos, aluguel de armas para outras quadrilhas, roubos de automóveis, tudo para bancar o rombo da atividade principal. Havia, porém, um fornecedor que estava pressionando para receber sua parte. Um poderoso produtor colombiano estava ficando irritado com os constantes atrasos no pagamento e com a rolagem de uma dívida antiga de uma remessa que havia sido apreendida no caminho por policiais de fora do esquema. Luisinho 9mm não sabia mais o que fazer para sair da alça de mira do influente produtor. Até que teve a ideia.

— Eu preciso de você vivo e em boa forma.

"Pronto," pensou, "vou ter que trabalhar para o tráfico para salvar a minha pele. Que vergonha. Que vexame pra minha vozinha, com que cara vou olhar pros meus amigos, eu que sempre me orgulhei de estar de fora de toda essa nojeira."

— Que merda é essa aí que tu tem no pé?

— É que eu não tenho dois dedos e aí...

— O que você não tem eu tô vendo, eu perguntei o que é que você tem embaixo dessa atadura.

Glanderson tinha esquecido da história do tornozelo, deve ter se descuidado do andar manco. Confuso diante de tantas ameaças, preferiu abrir o jogo com o meliante. Não queria ser pego na mentira e enfurecer o esquentado traficante.

— Isso não é nada. Foi só uma pancadinha que eu levei, mas já tô legal.

— Beleza. Porque eu tô com uma ideia aqui que pode ser boa tanto pra mim quanto pra você.

— Sério? — Não acreditava que alguma proposta vinda daquele marginal pudesse ser boa para ele.

— O caso é o seguinte...

Luisinho explicou a situação por que passavam seus negócios, sobretudo o perrengue que andava estressando sua relação com o fornecedor colombiano. Precisava quitar essa dívida, disse, e pensava em usá-lo para isso. Glanderson reforçou sua desconfiança de que seria trocado por um resgate milionário. Mas Luisinho negou.

— Mas se não é resgate, o que o senhor vai fazer comigo?

— Um rolo.

— Um rolo? Como assim? — perguntou, vendo que já andava bem enrolado.

— A parada é essa: o colombiano que eu tô falando não é só um traficantezinho internacional, tá ligado?

De fato, Juan Rabioso Rattón também é um homem de bem na Colômbia, onde tem vários negócios limpos, como imóveis, transportadoras, fazendas e fábricas totalmente dentro da lei, controlados por testas de ferro. Um deles é o futebol. O sujeito é dono de um time da segunda divisão, mas nunca aparece, não vai aos estádios, não frequenta o clube para não contaminar a atividade e colocá-la sob suspeita. É sua grande paixão a Sociedad Naso-Sportiva de Medellín, que conta com o apoio de uma pequena e fiel torcida a "Fuerza Naso".

— Há muito tempo o doutor Rattón falou que se eu arrumasse um bom jogador brasileiro pra ele botar na Naso, ele perdoava as minha dívida. Eu não tinha como descolar o que ele queria, mas agora a solução tá aqui, bem no meu barraco. O que é que tu acha?

— É melhor que morrer no micro-ondas, né?

— Então demorô. Já é! Pode voltar pra casa que eu vou agitar as passagens, semana que vem tu tá embarcando. Vai levar algum acompanhante?

— Minha avó.

— Tranquilo. Mas ó: bico calado se não quiser entrar pra seleção do cemitério de Inhaúma.

— Pode deixar, seu Luisinho, minha boca é um túmulo.

44:39

Glanderson estava no setor de embarque do Aeroporto Internacional Tom Jobim com dona Conceição. Ela nunca tinha pisado ali, estava acuada com o movimento, agarrou-se nos braços do neto que, perto dela, era um experiente viajante. Alguns amigos foram levá-lo sem saber o verdadeiro motivo da viagem. Inventou que não queria que sua avó morresse sem conhecer algum país estrangeiro. Chaveirinho não se conformava com a escolha. Com tanta popozuda louca pra entrar na sua bagagem, ele prefere carregar a velha para passear. Não deu pra entender.

Ventania também foi acompanhá-los. Estava muito desconfiado dessa história, até porque ele sabia que Glanderson não tinha bala nem para ir a Teresópolis. Toda hora puxava Glanderson num canto para tentar arrancar a verdade. Glanderson mantinha a palavra que dera a Luisinho 9mm. Quando o embarque foi anunciado, eles se abraçaram e Glanderson confessou.

— Não tô indo passear porra nenhuma, seu Ventania.

— Bom isso eu sabia. Agora conta.

— Tô indo jogar na Colômbia.

— Como assim? Tu tá me traindo, moleque? Tá me apunhalando pelas costas? Como é que é isso, tá indo pra onde, quem foi que te arrumou isso, quanto é que tu tá levando nessa?

Eram muitas perguntas e aquela voz de locutora de filme pornô já tinha chamado.

— Foi aquele traficante, o Luisinho 9mm. Ele me empurrou pra esse time da Colômbia, o tal de Sociedad Narco sei lá o quê...

— Ah, a Sociedad Naso-Sportiva de Medellín? — esclareceu Ventania, que já tinha lido umas notinhas sobre a equipe.

— Isso mesmo.

Glanderson explicou sua situação, Ventania se comoveu, mas viu que não tinha outro jeito, o garoto corria risco de vida se furasse o acordo com Luisinho 9mm.

— Você fez a coisa certa, garoto. E fez bem em não me contar, eu era capaz de subir o morro e fazer uma merda qualquer, não ia tá aqui pra me despedir de você.

— Vou sentir sua falta, Japa.

— Japa é o caralho! Não é porque tu tá indo embora que vai me ficar me zoando, entendeu? — enxugou os olhos, pigarreou para disfarçar a emoção. — Vai na fé. Eu já tinha ouvido falar nesse clube. O Naso Medellín é um timinho fraco, mas o clube é decente, não tem nada a ver com essas paradas de drogas. Ouvi falar que eles trabalham com nota fiscal, respeitam contrato, tudo direitinho. Sabem que é só mijar fora do pinico, o governo vai em cima, junto com a CIA e o FBI. E quer saber, a contabilidade deles é mais correta do que a de muito clube italiano.

— E não deixa de ser uma experiência, né?

— Tu vai jogar como profissional, rapá! Quero acompanhar daqui a tua carreira, garoto. Manda notícia. Tô torcendo pra você tirar esse time da segunda divisão. Quem sabe eu não consigo te trazer de volta e te botar num time grande paulista ou lá do sul. E olha, a Copa de 2014 ainda tá longe. Tem muito tempo pra você ser convocado.

— Não sei, acho que ainda existe muito preconceito com jogador de um time que o dono é um criminoso.

— O que não falta é dono de time criminoso, Glanderson. Não esquenta com isso. A gente ainda tem tempo pra virar esse jogo.

— Até lá eu vou fazendo o meu pé de mesa.

— Você quer dizer pé de meia — corrigiu.

— Não leva a mal não, mas quem faz meia é o senhor que não tem pé de mesa...

— Vai à merda, garoto!

— Tchau!

— Boa viagem, moleque!

PRORROGAÇÃO

Ventania aparece na barbearia de seu Aníbal, seu escritório. Queria saber se alguém ligou ou mesmo se alguma carta endereçada a ele havia chegado. Os dias andavam calmos, a falta de grana continuava a mesma, a ameaça de uma nova prisão por falta de pagamento de pensão o perseguia como uma sombra. Entretanto sentia mesmo falta era de notícias do Glanderson. Queria saber como andava aquele moleque, como estava se virando lá fora, se estava feliz, se estava se dando bem, se sua avó ainda lhe servia o leitinho morno antes de dormir, e se finalmente conseguiu comer alguém. Sentia saudades do garoto, a essa altura, um homem com seus dezoito anos.

Sentado ao seu lado, um freguês comenta o tiroteio da noite anterior.

— Parecia que o mundo vinha abaixo, nunca ouvi tanto tiro na minha vida.

— Acho que o Luisinho 9mm tá de mala cheia e voltou a investir em munição.

— Queres saber? — rebateu seu Aníbal. — Hoje em dia não me impressiono mais com esse bombardeio. Fico a me espantaire é com o noticiário. Depois de toda a madrugada a ouvir tantos tiros, leio que morreram dois, três, no máximo. Esse povo do crime é muito ruim de pontaria, ó pá!

Ventania não acompanhou o racioninio do lusitano. Folheava um caderno de esportes quando uma pequena nota num canto de página chamou sua atenção.

O atacante brasileiro Glanderson leva a Sociedad Naso-Sportiva de Medellín à final da série B do campeonato colombiano. Com seu pé defeituoso, é idolatrado pela torcida como o grande nome da equipe nasarina. Houve até o caso de um menino de dez anos que decepou dois dedos do pé para ficar parecido com seu ídolo. Apesar de todo o sucesso e da vida confortável, seu sonho é voltar para o Brasil e defender as cores de um time carioca.

— Mas infelizmente ainda não posso me dar ao luxo de trabalhar sem receber salário — declarou o jogador.

Ventania fecha os olhos e ouve a galera gritando das arquibancadas:

— Uh-uh, es Glanderson! Uh-uh, es Glanderson!

- APITO FINAL -